Kuin joki, joka virtaa lävitsesi

Mikaela Jussila

Kuin joki, joka virtaa lävitsesi

© 2015 Mikaela Jussila

Kannen suunnittelu: Mikaela Jussila

Kustantaja: BoD – Books on Demand, Helsinki, Suomi

Valmistaja: BoD – Books on Demand, Norderstedt, Saksa

ISBN: 978-952-318-322-3

Omistan tämän kirjan äidilleni,
jolle arvokkainta elämässä oli itse elämä.

1

Alfred

Jokaisella meistä on tehtävä.
Syy, jonka vuoksi olemme.

Isoisäni Alfred oli hattupäinen, piippua polttava mies. Hän oli tehnyt uransa tupakkatehtaalla, aloittanut alle kymmenen ikäisenä juoksupoikana ja jäänyt lähes kuusi vuosikymmentä myöhemmin samalta tehtaalta eläkkeelle. Ennen syntymääni hänen kaksoisveljensä oli kuollut keuhkosyöpään, eikä isoisäni sen jälkeen enää koskaan polttanut piipussaan tupakkaa. Sen sijaan se oli aina hänen suussaan, siinä se roikkui suupielessä, tyhjänä.

Isoäitini kuoleman jälkeen Alfred oli muuttanut asuttamaltaan vanhalta maatilalta samaan kerrostaloon, jossa minäkin asuin vanhempieni ja sisarusteni kanssa. Isoisäni uusi asunto oli mielestäni saman kokoinen kuin hänen talonsa eteinen. Äitini kutsui sitä kenkälaatikoksi.

- Tärkeintä ei ole se, miten väljästi asuu, vaan tärkeintä on olla rakastamiensa ihmisten lähellä, isoisälläni oli tapana sanoa aina, kun ihmettelin hänen yksiönsä pienuutta.

Se, että hän oli naapurissa, oli kuitenkin mielestäni mukavaa.

Se salli minun viettää hänen seurassaan jo silloin minulle niin arvokasta aikaa. Pääsin koulusta suoraan hänen luokseen, ja siellä me istuimme, pienen keittiönpöydän ääressä jutustellen, kunnes jompi kumpi vanhemmistani tuli kotiin töistä ja koputtelemaan ovelle. Tämä toistui lähes joka päivä. Minä sain juustovoileivän nenäni eteen, isoisäni taas kupillisen kahvia.

Alfred oli elämäni tärkein ihminen jo silloin - sitä hän oli ollut alusta asti. Hän oli paras ystäväni, vaikka olimmekin kuin kahdesta eri maailmasta - hän hatussaan, piippu suupielessään, minä kuluneissa farkuissani, purkka suussani. Silti olimme täysin samalla tasolla henkisesti ja kohtaamisemme tuntui aina yhtä luonnolliselta. Pinnan alla. Tässä ihmeellisessä tilassa, jossa ikää ei ollut, hän puhui ja minä kuuntelin, tai sitten minä kyselin ja hän vastasi.

Alfred oli mielestäni viisas mies. Hänellä oli syvä usko siihen, että jokaisella meistä on tehtävä. Syy, jonka vuoksi *olemme*. Yksilöllinen tehtävä, jota kantaen jokainen syntyy tähän maailmaan. Minua kiehtoikin ehkä eniten mielikuva juuri siitä, kun vauva tupsahti maailmaan kantaen omaa tehtäväänsä. Omissa ajatuksissani vauvalla oli selässään reppu, ja siellä se tehtävä oli. Alfredin mielestä *oleminen* itsessään olikin elämän tärkeimpiä taitoja. En täysin ymmärtänyt sitä pienenä poikana, sen sijaan se ikioma tehtävä kiehtoi minua kovastikin.

- Mikä minun tehtäväni on? kyselin aina, kun asia tuli puheeksi.

- Se selviää aikanaan, Jonathan, isoisäni vastasi joka kerta yhtä kärsivällisesti.

- Ehkä ei sinun aikanasi, mutta kuitenkin aikanaan.

- Mikä sinun tehtäväsi sitten on? utelin häneltä.

Sitä Alfred ei tiennyt. Mutta hän sanoi uskovansa, että sekin asia selviäisi aikanaan.

Isoisäni oli perinyt ajattelutapansa omalta äidiltään. Alfredin lapsuudenkodissa uskottiin Jumalaan ja siihen, että kaikki tapahtui syystä, suuren suunnitelman mukaisesti. Sellaisen, johon pieni ihminen ei päässyt vaikuttamaan. Tästä syystä Alfred oli oppinut olemaan kiitollinen siitä, mitä elämä hänen eteensä toi, oli se hyvää tai pahaa. Elämä olikin tuonut hänelle paljon hyvää; hän oli saanut viettää siitä suuren osan rakastamansa naisen kanssa, samaisen naisen kanssa hän oli saanut kasvattaa liudan lapsia, ja nyt hän taas sai iloita lastenlapsistaan. Toki elämä oli häneltä paljon hyvää myös vienyt. Menetykset olivat katkera osa olemassaoloa. Niidenkin Alfred kuitenkin ajatteli kuuluvan Jumalan suureen suunnitelmaan. Niilläkin oli tarkoituksensa.

- Mikään ei ole ikuista, Jonathan, hän saattoi sanoa.

- Eikä sen ole tarkoituskaan olla.

Pidin juttutuokioistani Alfredin kanssa. Mielessäni ne avasivat ovia maailmaan, jota kukaan muu ei nähnyt – vain minä ja hän.

Minusta tuntui aina siltä kuin Alfred olisi raottanut minulle ovea suurten salaisuuksien, koko maailmankaikkeuden perimmäisten kysymysten - ja niiden vastausten - ääreen. Se sai minut tuntemaan itseni tärkeäksi, jollain lailla aikuiseksi.

Isoisäni uskoi myös rakkauteen. Eikä erityisesti miehen ja naisen väliseen rakkauteen, vaan rakkauteen yleensä.

- Tee aina parhaasi, hän tapasi sanoa.

- Ja mitä ikinä teetkään, tee se rakkaudesta. Rakkaudesta elämään, ihmisiin, vanhempiisi, kouluun, lintuihin, luontoon, maailmaan – mihin tahansa. Tee hyviä asioita ja elämä palkitsee sinut hyvällä.

Hänen filosofiansa kiehtoi minua, sitä se oli aina tehnyt. En koskaan löytänyt mitään syytä sille, etteikö olisi kannattanut elää juuri niin kuin isoisäni opetti. Sen sijaan se tuntui hyvin selkeältä, hyvin suoraviivaiselta. Olihan se antanut hänellekin hyvän elämän. Päätin siis jo pienenä poikana yrittää parhaani, olla niin kuin isoisäni ja yrittää tehdä hyvää, ajatella toisista hyvää - ja ennen kaikkea - ajatella itsestäni hyvää.

- Hyvä poika, isoisäni kehui aina. Hän katseli minua hymyillen, kun autoin äitiäni kantamalla ruokakassit autosta rappusia ylös neljänteen kerrokseen.

- Hyvä poika.

Pienenä poikana motiivini olivat selvät: halusin vain, että elämä minut palkitsisi. Toisinaan mietin, miikä se hyvä voisi olla. Saisinko sen toivomani polkupyörän? Löytäisinkö säkillisen rahaa? Mutta isoisäni vain nauroi minulle. Hekotti omaa hekotustaan. Minun isoisäni ei ottanut piippua suustaan edes hekotellessaan. Katselin piipun nykivää liikettä, kun se hänen suupielessään hyppi ylös, alas, ylös, alas, kunnes silmissäni vilisi liikaa ja jouduin hieromaan niitä. Hieman vanhempana toivoin aina, että elämä palkitsisi minut rakkaudella, henkilöllä, jonka kanssa saisin jakaa onnistumiset siinä missä pettymyksetkin. Toivoin hartaasti itselleni samanlaista rakkautta, sellaista, jota olin nähnyt omilla vanhemmillanikin. Sellaista, jossa toisen kunnioitus ja läsnäolo hyvin pitkälle riittivät onneen. En omasta mielestäni toivonut koskaan mahdottomia, toisaalta en tiennyt sitäkään, oliko omilla toiveillani suurempaa merkitystä sen kannalta, miten elämä palkitsisi hyvät tekoni.

Toinen isoisäni filosofia oli se, että kaikki ovat lähtökohtaisesti samanarvoisia.

- Ihminen on aina arvokas, oli hän sitten köyhä tai rikas, johtaja tai alainen, musta tai punainen, Alfred pohti.

En lapsena ymmärtänyt vertauskuvaa, eihän kukaan ollut musta tai punainen.

- Se tarkoittaa poikaseni sitä, että Keskuskadulla polvillaan kerjäävä mies on saman arvoinen kuin sinäkin.

Sitä en ollut koskaan kyseenalaistanut. Muuta kyllä. Isoisäni tarkkaili minua hetken hiljaa ja jatkoi sitten:

- Olemme kaikki saaneet eri lähtökohdat elämään, mutta se ei tarkoita sitä, ettei kaikilla olisi samat mahdollisuudet suorittaa tehtävänsä.

- Mutta eikö se jo tee ihmisistä eriarvoisia, haastoin Alfredin filosofiaa, että toiset saavat paremman lähtökohdan? Miksi Jumala suosii toisia, mutta toisia taas ei?

En ollut koskaan osannut suhtautua Keskuskadulla kerjäävään vanhaan mieheen. En pelännyt häntä, en vain tiennyt, miten olla. Hän oli aina likainen ja väsyneen näköinen. Se sai minut potemaan syyllisyyttä omista puhtaista vaatteistani, uusista kengistäni, hyvin nukkumastani yöstä, jopa suussani pyörivästä purukumista. Alfredin mielestä se oli hyvä merkki. Se kuulemma kertoi, että arvostin sitä, mitä minulle Jumala oli suonut. Kerjäläinen piti katseensa tiukasti maassa, paitsi silloin, kun hänen kuppiinsa kilahti kolikko. Silloin hän loi väsyneen silmäyksensä kohti hyväntekijää. Toisinaan kaivoin kolikon taskustani ja tiputin sen ihan vain nähdäkseni hänen silmänsä. Ne olivat kuin toisen miehen silmät, kirkkaat kuin pakkaspäivän taivas.

Pohdin kuitenkin kovasti isoisäni sanoja, silti onnistumatta ymmärtää, miten kerjäläismies koskaan olisi voinut olla Jumalan silmissä samanarvoinen kuin sellainen, jonka ei tarvinnut kerjätä. Samanlainen kuin minä. Eihän Jumala ollut suonut hänelle edes kattoa pään päälle! Miksi Jumala soi sen katon minulle, mutta kerjäläiselle ei? Sitä en onnistunut ymmärtämään. Sitä jopa häpesin.

- Mietit tärkeitä kysymyksiä, Alfred sanoi ja imi tyhjää piippuaan.

- Minä uskon kuitenkin, että sinulle ja minulle, kuin meille kaikille, tuodaan erikokoisia haasteita elämämme polulle. Niiden avulla kasvamme, vahvistumme ja työnnymme kohti sitä pistettä, jonne olemme menossa, kohti elämämme tarkoitusta, tehtävää. Emme voi kulkea polkuamme loppuun kulkematta sen jokaisesta poukamasta. Yksi suuri haaste elämässä on myös se, miten kykenemme näkemään valoa varsinkin niissä tilanteissa, joissa koemme olevamme yksin pilkkopimeässä. Miten saatamme olla rohkeita juuri silloin, kun pelkäämme kaikista eniten.

Isoisäni siristi silmiään pohtiessaan asiaa.

- Joskus ajattelen, että oikein köyhät, ne jotka on pakotettu keskittymään perusasioihin - kuten siihen, mistä saavat seuraavan ateriansa - ne ovat kaikista lähimpänä Jumalaa. Heidän elämänsä on hengissä säilymistä. He roikkuvat olemassaolon ohuessa langassa ja ovat koko ajan kasvotusten oman kohtalonsa kanssa. Vaikka en missään nimessä toivo itselleni tai sinulle sellaista kohtaloa, voin joskus kadehtia heidän rohkeuttaan vain *olla*. Useimmille ei nykypäivänä riitä pelkkä olemassaolo, se ei itsessään tunnu arvokkaalta. Olemassaolon lisäksi tarvitsemme kalliita autoja, hienoja titteleitä, upeita matkoja ja ainutlaatuisia kokemuksia kaukaisissa maissa, jotta tuntisimme olevamme arvokkaita. Harvoin muistamme, että pyrimme tällä kaikella usein vain näyttämään arvokkailta *muiden* ihmisten silmissä, kun taas sillä ei pohjimmiltaan ole mitään arvoa. En ymmärrä, miksi ihmiset ponnistelevat niin kovasti vaikuttaakseen tärkeiltä ja mahtavilta muiden, jopa tuntemattomien silmissä. Eikö tärkeintä olisi pyrkiä arvostamaan itseään ja olemaan tärkeä ja arvokas heille, jotka ovat meille rakkaimpia? Eikä silloin hienosta tittelistä ole apua! Kotioloissa ei ole johtajaa eikä alaisia.

Alfred pudisti päätään ja imi taas piippuaan.

- Silloin merkitystä on sillä, pystymmekö olemaan hyvä isä tai äiti lapsillemme, hyvä ystävä, hyvä aviomies tai -vaimo, hyvä lapsi vanhemmillemme, hyvä naapuri, hyvä kanssaihminen tuntemattomalle hän jatkoi.

- Vain näkemällä itsessämme oman arvomme voimme olla arvokkaita muulle maailmalle. Vain rakastamalla itseäsi voit rakastaa muita, hän jatkoi.

- Etkä sinä siihen tarvitse hienoja autoja tai upeita kokemuksia – tarvitset vain itsetuntemusta, hyvää tahtoa ja rakkautta. Ihminen, joka tarvitsee hienon talon tai kalliin auton tunteakseen olevansa arvokas ei ole vielä löytänyt itseään. Ja usein kaikki nämä ulkoiset asiat ja nykyelämän asettamat vaatimukset ja odotukset ovat sen tiellä. Ympäröimällä itsensä sieluttomilla tavaroilla voi ihminen välttää tutustumisen omaan sieluunsa. Hän ikään kuin täyttää myös henkisen tilansa mammonalla, turhanpäiväisellä tavaralla. Jotkut eivät yksinkertaisesti uskalla katsoa sisimpäänsä, kai he pelkäävät sieltä löytyvän jotain, jota he eivät osaa kohdata. Toiset taas eivät ole koskaan oppineet tekemään niin, he eivät ole ymmärtäneet, että heidän sisällään avautuu yhtä suuri maailma kuin se fyysinen maailma, jossa liikkuvat joka päivä. Silloin he valitettavasti eivät myöskään osaa opettaa tätä taitoa lapsilleen, ja jälleen kasvaa yksi sukupolvi, joka ei ole kosketuksissa sisimpäänsä, joka yrittää todistaa omaa olemassaoloaan kaupallisilla hyödykkeillä. Mutta jos ei tunne omaa sieluaan, ei voi myöskään koskaan päästä niin lähelle Jumalaa kuin vaikkapa köyhä kerjäläinen pääsee. Isoisäni pudisti pitkän ja mykistävän monologinsa päätteeksi ajatuksissaan jälleen päätään ja huokaili, kuten niin monesti aikaisemminkin, että elämä oli paljon helpompaa ennen.

- Silloin ei muuta oleellista ollut kuin perhe, uskonto ja elanto.

Kuuntelin Alfredia niin kuin monta kertaa ennenkin, mykistyneenä hänen viisaudestaan. Hän käytti usein suuria sanoja, sellaisia, joita en koskaan kuullut äitini tai isäni suusta. Toisinaan pohdin, olivatko vanhempani tutustuneet sieluunsa? Vai olivatko hekin niitä, jotka eivät uskaltaneet kohdata sisimpäänsä? Ainakaan he eivät koskaan maininneet asiasta, eivät puhuneet kuin Alfred. Ehkä nämä asiat eivät olleet heille tärkeitä, mietin. Alfred puhui Jumalasta, kohtalosta, sielusta ja uskonnosta. Hän puhui minulle kuin aikuiselle. Jollain lailla kai isoisäni puheet mykistivät minut juuri suuruudessaan, toisinaan ne jopa pelottivat minua. Mitä jos sukupolveni ei koskaan pääsisikään tutustumaan sieluunsa ja pääsisinkö minä? Pohdiskelin hetken verran Alfredin sanoja hiljaa, kunnes rohkenin kysymään;

- Mutta mikä on sielu, isoisä, mitä siellä on?

- Sielu on pieni pala Jumalaa, poikaseni.

Nielaisin jännityksestä. Yritin tunnustella Jumalaa sisälläni, mutta en ollut varma, miltä sen piti tuntua. Tunsin saamanaikaisesti suurta hämmennystä ja jonkinasteista ylpeyttäkin. Hetki teki kuitenkin minuun suuren vaikutuksen, ja muistelisin sitä vielä vuosien päästä. Minunkin sisälläni oli pieni pala Jumalaa.

2

Näkymätön

Jotka kätkivät surunsa, inhonsa, kaipuunsa,
vihansa ja rajallisuutensa näyttääkseen ihmisiltä,
joihin sen kaltaiset tunteet eivät tarttuneet.

Toisinaan hän tunsi olevansa näkymätön. Ihmiset saattoivat häntä katsoa, mutta eivät kuitenkaan. He katsoivat suoraan ja häpeilemättä hänen lävitseen. Ikään kuin näkisivät jotain huomattavasti kiinnostavampaa hänen takanaan. Jonoissa he ohittivat hänet. Katsoivat häntä, mutta jollain lailla kai totesivat, etteivät mitään huomaamisen arvoista olleet nähneet. Joskus hän oli vielä halunnut huutaa *Olen tässä! Olen olemassa! Nähkää minut!* Mutta se oli aina ollut hyvin nopeasti ohimenevä mielihalu, eikä hän koskaan ollut sanonut mitään. Saattoi vain katsoa paheksuvasti – tosin sekin jäi yleensä huomaamatta. Näkymättömänä hän saattoi kadota omaan maailmaansa. Muuttua pala palalta läpinäkyväksi. Hän tunsi näkymättömyyden alkavan jostain ja päättyvän johonkin. Se oli itse asiassa hyvin konkreettista. Hän tunsi sen etenevän kasvoista, käsivarsista ja kaulasta rintaan, vyötäröön, reisiin ja polviin. Kunnes jäljellä olivat vain hänen kehonsa ääriviivat – nekin kovin hailakat.

Miten ihmisestä tuli näkymätön? Sitä hän ei tiennyt. Vielä tärkeämpi kysymys olisi kai ollut se, miten juuri hänestä oli tullut näkymätön. Hän oli joskus yrittänyt muistella, missä vaiheessa häntä ei enää nähty. Ehkä se oli tapahtunut vähitellen, sillä sen hän tiesi, ettei se ollut tapahtunut tiettynä, muistamisen arvoisena päivänä. Sen hän myös muisti varmuudella, että lapsena hän ei sitä ollut. Lapsena hän oli ollut kuin muut. Silloin hän oli vielä ollut huomion arvoinen. Sellaista arvoa hänessä ei enää ollut pitkään aikaan ollut.

Kaltaisiaan hän kohtasi vain harvoin. Sitä paitsi piti varmasti olla näkymätön, jotta huomaisi toisen samanlaisen. Hän ei kuitenkaan koskaan kohdannut toisen näkymättömän katsetta. Häntä ei kiinnostanut muut näkymättömät – eivätkä oikeastaan näkyvätkään. Hän ei koskaan vaivannut mieltään sillä, mitä muut hänestä ajattelivat, se oli hänelle aivan sama.

Näkymättömän päivät kuluivat hitaasti, tupakkaa poltellen, kahdenkymmenenneljän tunnin kulumista odotellen. Usein hän vietti aikaansa kahviloissa. Toisinaan hän saattoi viihdyttää itseään katsomalla ihmisiä. Sellaisia typeriä ihmisiä, jotka kiinnittivät aivan liikaa huomiota vielä typerämpiin asioihin. Hän halveksi ihmisten tapaa keskittyä tyhjänpäiväisiin asioihin. Hän inhosi valloillaan olevaa trendiä esittää täydellistä – kaikkien noiden virtuaalisten näyteikkunoiden, tekoripsien ja tekohymyjen takana oli taatusti yhtä kurja elämä kuin hänen omansakin – ero oli vain siinä, ettei hän yrittänyt esittää parempaa kuin oli. Hän ei yrittänyt esittää onnellista. Eikä hän missään nimessä ollut osa nykypäivän kaiken kattavaa, mobiililaitteissa ja kaiken maailman näytöillä esitettävää teatteriesitystä. Hän ei ollut eikä tulisi koskaan olemaan yksi niistä tuhansista ihmisistä, jotka kulkivat kaduilla esittäen parempaa versiota todellisesta itsestään. Jotka kätkivät surunsa, inhonsa, kaipuunsa, vihansa ja rajallisuutensa näyttääkseen ihmisiltä, joihin sen kaltaiset attribuutit eivät tarttuneet.

Toisinaan hän vietti päivänsä seuraten *häntä*. Siitä hän sai enemmän tyydytystä kuin mistään muusta. Tai oikeastaan se oli ainoa asia, josta hän koki saavansa jonkinlaista tyydytystä. Nainen saattoi peruuttaa kalliin autonsa täydellisen talonsa pihasta täysin tietämättömänä siitä, että joku seurasi häntä katseellaan viereisen puiston penkiltä. Jos hän olisi edes hieman vilkaissut ympärilleen, hän olisi saattanut huomata itseensä ja kaikkeen muuhun välinpitämättömästi suhtautuvan hahmon puiston varjoissa. Toisaalta nainen tuskin edes olisi häntä nähnyt, kuten eivät muutkaan. Toisinaan taas nainen kulki ostoskeskuksessa liikkeestä toiseen näkemättä, että hänen perässään kulki lähes näkymätön varjo, joka kosketti kaikkia niitä vaatteita, jotka naisenkin silkinpehmeä käsi oli koskettanut, joka pysähtyi aina naisen pysähtyessä ja lähti liikkeelle, kun nainen näin teki. Oliko tämä normaalia? Ei varmastikaan ollut, mutta jonkinlaista mielihyvää se näkymättömälle kuitenkin tuotti. Eikä normaali häntä sinänsä kiinnostanut. Jostain syystä hän ajatteli, että ollessaan niinkin lähellä naista, että saattoi tuntea jopa tämän kalliin hajuveden tuoksun, pystyisi hän varmistamaan, ettei nainenkaan ollut onnellinen. Että naisen elämä oli yhtä tyhjä kuin hänen omansakin. Se tuntui tärkeältä. Se saattoikin olla ainoa asia, mikä tuntui tärkeältä.

Naisen ajaessa kalliin autonsa jälleen täydellisen talonsa pihaan ei hän koskaan saattanut arvata, kenen kanssa oli kuluttanut pitkän ja tapahtumaköyhän päivän. Kohtalon iva oli tilanteessa lähes täydellinen.

*

Oli myös päiviä, jolloin näkymätön odotti samaisella puiston penkillä, että nainen ja hänen miehensä olivat lähteneet töihinsä. Nainen oli opettaja, miehestä hän ei tiennyt, eikä se häntä kiinnostanut. Kun molemmat autot olivat peruuttaneet pihasta ajotielle ja ajaneet pois, siirtyi hän puiston penkiltä naisen puutarhaan. Se oli täynnä ruusuja. Erivärisiä ja erikokoisia ruusuja. Ensimmäisellä kertaa niiden voimakas tuoksu oli siirtänyt näkymättömän vuosien päähän muistuttaen, että hänen lapsuudessaankin pienen lähiökerrostaloasunnon parvekkeella oli viljelty ruusuja.

Vietettyään tovin puutarhassa siirtyi hän yleensä koittamaan isomman terassin ovea. Joskus häntä onnisti heti ensimmäisen ovenkahvan painalluksella, toisinaan hän oli joutunut loppukädessä murtautumaan taloon. Useimmiten kuitenkin jokin tämän ison talon monesta ovesta oli asukkaiden huolimattomuutta jäänyt auki. Jos näkymätöntä olisi millään tasolla kiinnostanut, olisi hän varmasti perustellut itselleen oikeuttaan astua sisään sillä, että ovi oli auki. Mutta häntä ei kiinnostanut, eikä hänellä ollut tarvetta perustella itselleen yhtään mitään.

Vierailuillaan hän oli todennut, että talossa asui vain nämä kaksi, nainen ja hänen miehensä. Ei lapsia, ei lemmikkejä. Vain he kaksi. Yhtälö, johon helposti olisi mahtunut vielä kolmaskin henkilö. Usein hän kulki ilman minkäänlaista kiirettä ja tottuneesti huoneesta toiseen kosketellen naiselle kuuluvia vaatteita, koruja, hajuvesipulloja. Talosta ja sen sisällä olevista esineistä huokui raha. Rahasta ei tosiaan siinä taloudessa ollut puutetta. Joskus näkymätön saattoi sormeilla eteisen pöydälle huolimattomasti jätettyä, rullalle käärittyä setelinippua. Kukaan ei olisi huomannut, vaikka nippua ei siinä olisikaan, mutta näkymättömälle raha edusti muutenkin halveksimaansa tyhjänpäiväistä elämää, eikä hän siksi koskaan sitä talosta anastanut. Sen sijaan hän liikkui moitteettomissa huoneissa lähes omistajan elkein, antaen sormenpäittensä tallentaa täydellisyyttä hermomuistiin. Hänen koskettamansa kankaat tuntuivat niin pehmeiltä, niin uusilta. Hän istahti isolle parivuoteelle ja painoi nenänsä naisen tyynyyn. Joskus hän jopa nosti röyhkeästi jalkansa ylös ja torkahti hetken verran ennen kuin siirtyi taas seuraavaan huoneeseen. Talo oli aina puhdas ja siistitty, mutta naisesta jokaiseen kankaaseen tarttunut mausteinen hajuveden tuoksu paljasti nopeasti, millä puolella sänkyä hän nukkui tai mitä kylpypyyhettä käytti.

Näkymättömälle vierailut talossa eivät itsessään tuottaneet mitään erityistä tyydytystä. Hän kävi talossa ainoastaan siksi, että pysyisi jollain tavalla lähellä naista. Kai hän koki, että hänen otteensa naiseen oli voimakkaampi, mitä enempi hän tästä tiesi. Yhtä hyvin hän olisi kuitenkin voinut seurata tätä vaikka ruokakaupassa, mutta vaihtelun vuoksi hän päätti joskus pistäytyä tämän kodissa. Milloinkaan hän ei talosta mitään vienyt eikä hän koskaan myöskään jättänyt sinne mitään jälkiä. Yhden ainoan kerran hän oli käyttänyt naisen eteisen pöydälle jättämää nimikkokynää ja sillä kirjoittanut oman nimensä pariin otteeseen samaisella pöydällä lojuneeseen muistikirjaan. Vaikka mieli oli tehnyt jättää nuo raapustukset kirjaan, oli hän huolellisesti poistanut sivun ja varmistanut, ettei seuraavallekaan sivulle ollut jäänyt kynän kärjen painalluksen jättämiä jälkiä.

3

Nainen sillalla

*Oli jotain ristiriitaista siinä, että noinkin kallis hiha
pyyhkäisi likaista sillankaidetta väärältä puolelta.*

Nainen sulki silmänsä. Hän antoi sateen suudella poskeaan. Silmät ummessa hänelle avautui toinen maailma. Mennyt. Se oli nimenomaan se silmäluomien takana paljastuva maailma, jonka vuoksi hän ei enää pystynyt olemaan tässä maailmassa. Menneessä maailmassa oli hänen poikansa. Viiden vanha pikkuinen. Siinä maailmassa se päällimmäinen ja pakottavin mieleen tunkeutuva tunne oli huoli, särkynyt sydän, tunne mahdottomuudesta. Siinä oli myös häpeä siitä, että hänellä itsellään periaatteessa oli kaikki hyvin. Hänellä oli asiat *hyvin*. Se olikin se suurin ongelma. Asiahan tuntuisi kenelle tahansa muulle hyvin nurinkuriselta – miksi jollekulle tuottaisi tuskaa se, että kaikki oli hyvin? Sen ajatuksen kanssa nainen oli kuitenkin kamppaillut jo vuosikaudet. Tasan kolmetoista vuotta, itse asiassa. Miksi hän ei koskaan tehnyt mitään? Miksi hän ei koskaan ollut korjannut asioita? Ei hän ollut kyennyt. Ei hän ollut uskaltanut ottaa ensimmäistäkään askelta asian eteen. Vai olisiko hän kuitenkin voinut tehdä asiat aivan toisin? Entä, jos poika ei halunnut tietääkään hänestä? Entä, jos elämä oli antanut pojalle paremmat lähtökohdat uudessa perheessä? Entä jos kaiken oli ollut tarkoitus tapahtua juuri näin? Olisiko hän ilmestymällä pojan elämään vienyt häneltä mahdollisuuden parempaan? Olisiko poika enää edes muistanut äitiään? Siinä olivat syyt siihen, miksi hän nyt seisoi sillankaiteen väärällä puolella. Olosuhteet olivat pakottaneet hänet tähän kohtaloon, elämä oli näyttänyt ivalliset kasvonsa. Hän irrotti otteensa.

Yksi kysymys hänellä kuitenkin kävi mielessä tehdessään lyhyttä lentoaan ilmojen halki. Miksi aina puhuttiin siitä, miten koko elämä vilahtaa silmien edessä, kun ihminen tuijottaa kuolemaa silmiin? Tuo väite ei voinut perustua mihinkään todelliseen kokemukseen. Asia oli sellainen, että hänen olisi kovasti tehnyt mieli kertoa se miehelleen, mutta se taisi nyt olla myöhäistä. Tämä elämästään luopuva nelikymppinen nainen pystyi vain ajattelemaan, mikä mahtaisi olla viisikymmentäseitsemänkiloisen ja satakuusikymmentäviisi-senttisen, silkkipaitaan puetun kappaleen putoamisnopeus viisitoista metriä korkealta sillalta tuulen puhaltaessa seitsemisen metriä sekunnissa. Jokin outo voima oli sulkenut kaikki muut ajatukset pois. Hänen kasvojensa ja rintakehänsä iskeytyessä veteen oli sekin ajatus jo kaukana.

*

Poika seurasi katseellaan sillalle kävelevää naista. Hän näki hyvin selkeästi, mitä nainen aikoi tehdä, sen verran hyvin hän tämän tunsi. Samalla tavalla hän tiesi myös sen, ettei nainen ollut pelastettavissa, mutta pahinta kai oli se, ettei hän edes halunnut pelastaa naista. Sen sijaan hän sytytti rauhassa tupakan ja imi sitä pitäessään katseensa tiukasti sillalla etenevässä naisessa.

Nainen oli hänen äitinsä. Sama nainen, joka puolitoista vuosikymmentä aikaisemmin oli antanut hänet pois. Avannut oven elämään, jossa hänen ei koskaan ollut ollut tarkoitus elää. Oven tuskaan, pettymykseen, suruun, pimeään. Katkeruuteen. Katkeruus olikin nyt se päällimmäinen tunne. Poika oli joskus yrittänyt ymmärtää äitinsä tekoa, tosin huonolla menestyksellä. Kuka antoi oman lapsensa pois? Mikä olisi ollut tarpeeksi suuri syy sellaiselle teolle? Minkä perusteella Jumala voisi antaa sellaisen teon anteeksi? Eikä kai antanutkaan, koska siinä tapauksessa olisi kai estänyt väsyneiden askelten etenemisen sillalla. Mistä poika sen tiesi, mitä hänen äitinsä oli tekemässä? Hän ei ollut vaihtanut tämän naisen kanssa sanaakaan sen päivän jälkeen, kun hän kosketti auton ikkunan läpi äitinsä kättä, minkä jälkeen joku veti tämän syrjään ja auto ajoi kohti hänen uutta kotiaan.

Tuolloin elämä oli ollut vaikeaa. Hänen äitinsä oli sairastunut ja siinä samassa menettänyt työnsä yläasteen matikan ja fysiikan opettajana. Rahaa kai ei ollut eikä myöskään aikuista, joka olisi pojasta voinut pitää huolta, ja kai hänet siksi siirrettiin sijaisperheeseen. Kaiken tämän poika ymmärsi. Kaiken tämän hän oli jollain tasolla ymmärtänyt jo silloin, viiden ikäisenä. Mutta tuolloin hän oli uskonut heidän eronsa olevan väliaikainen. Sitten myöhemmin, kun hänen äitinsä oli jälleen terve, työssä – jopa naimisissa – miksi hän ei koskaan palannut hakemaan poikaansa? Sitä hän ei voinut ymmärtää, saati antaa anteeksi.

Tästä syystä hän vain seurasi äitiään katseellaan, kun tämä kalliissa vaatteissaan liikkui hitaasti sillalla. Kuin jäseniään perässään vetävä haavoittunut eläin. Poika katsoi etenemistä samalla mielenkiinnolla kuin olisi katsellut luontodokumenttia televisiosta. Tietäen, miten tilanne vielä haavoittuneen eläimen osalta päättyisi. Naisen oikea käsi pyyhki sillankaidetta. Valkoisen silkkipaidan hiha oli musta liikenteen kaiteelle jättäneestä pölystä. Oli jotain ristiriitaista siinä, että noinkin kallis hiha pyyhkäisi likaista sillankaidetta väärältä puolelta.

Nainen oli uskomattoman kaunis. Hän oli pitänyt hyvää huolta ulkoisesta itsestään. Hänen vaalea, pitkä tukkansa oli kaunis ja kiiltävä, kynnet hyvin hoidetut, täydelliseen muotoon viilatut. Läheltä olisi voinut huomata, että niille oli tehty moitteeton ranskalainen manikyyri. Huulissa oli ohut kerros pinkkiä huulikiiltoa, jossa oli häivähdys aprikoosia. Poika tiesi tuon huulikiillon merkin, hän tiesi myös täsmälleen, miltä se tuoksui. Korvissa oli maltillisen kokoiset helmikorvakorut, ranteessa samaan mallistoon kuuluva helminauha. Eivätkä ne olleet mitään rihkamaa, vaan aitoja, purutestin läpäiseviä helmiä. Nainen oli saanut arvokkaan korusarjan mieheltään viisivuotishääpäivänään. Sama mies oli aikoinaan rengastanut naisen nimettömän upealla timanttisormuksella. Ulkoiselta olemukseltaan nainen oli täydellinen. Sisältä ei niinkään.

Uusi elämä oli antanut naiselle melkein kaiken sen, minkä vanha elämä oli häneltä vienyt. Rahaa ja sittemmin suurimmilta osin myös terveyden. Onnea hän ei kuitenkaan ollut enää saanut, poika ajatteli, ja muisteli äitinsä nauravia kasvoja vajaan parinkymmenen vuoden takaa. Poika mietti omaa elämäänsä, ja totesi sille käyneen samalla lailla. Hän olisi aikoinaan antanut mitä tahansa, että olisi saanut palata siihen, mitä heillä kahdella oli ollut. Että olisi saanut palata siihen onneen. Raha ei häntä kiinnostanut. Se ei ollut häntä koskaan kiinnostanut. Kyllä, hän olisi aikoinaan antanut mitä tahansa, jotta olisi saanut äitinsä takaisin. Mutta ei enää. Enää häntä ei kiinnostanut. Enää hän ei kyennyt edes yrittää ymmärtää tätä naista, joka ei koskaan tullut häntä hakemaan. Tämän tunteen vallassa hän oli ollut jo useamman vuoden.

Poika näki naisen askelten hidastuvan. Nainen käänsi katseensa kohti jokea. Tuuli kuljetti hänen hiuksiaan edestakaisin, ne tanssivat ylvään vaalean kruunun tavoin pään ympärillä. Tuulen mukana kulki myös hitaasti alkanut sade, joka ensin tippui varovasti, kuin tunnustellen oikeuttaan tippua, sitten määrätietoisemmin, rohkeasti, dramaattisesti.

Siellä hän istui, kahvilan ikkunan takana. Ainoastaan sadanviidenkymmenen metrin päässä naisesta, joka oli hänet synnyttänyt. Poika yritti tunnustella, mutta hänen sydämensä oli mykkä. Kylmä. Kovettunut. Hetken verran hän mietti, voisiko sydämessä olla kovettumia, kuin työmiehen käsissä? Ehkä käyttämätön sydän arpeutui.

Hän leikitteli ajatuksella, että nainen kääntäisi katseensa ja näkisi hänet. Että jotain tapahtuisi. Että hän nostaisi kätensä. Hän tiesi myös, että hänen pitäisi estää naisen aikeet. Pitäisi. Hän tekisikin sen, jos vain olisi kuka tahansa muu. Normaalitilanteessa. Hän avaisi suunsa, hän sanoisi jollekulle jotakin. Mutta liian kauan hänen rinnassaan kasvanut tuska esti sen. Se ei sitä sallinut. Eikä hän ollut vastuussa äidistään, aikuisesta naisesta. Sitä paitsi! Jos hänen olisi ollut tarkoitus pelastaa äitinsä, kai jokin olisi saanut hänet sen tekemään? Kai jokin voima olisi työntänyt hänet ulos ovesta, sateen halki tien ylitse ja sillalle. Kai jokin olisi avannut hänen leukansa ja pakottanut hänet huutamaan. Seis! Älä tee sitä! Olen tässä! Olen poikasi! Poika avasi siis suunsa kuin antaakseen toisenlaiselle kohtalolle mahdollisuuden (tämä oli häneltä suuri teko, vaikka pieneltä saattaisi kenen tahansa muun silmissä näyttääkin), mutta mitään ääntä ei kuulunut. Hän sulki suunsa jälleen. No niin, näin sekin tuli todistettua. Ei hän ulkonakaan olisi huutanut.

Hän katsoi sillalla tuulen mukana huojuvaa naista. Sitten hän käänsi jälleen välinpitämättömästi katseensa sisään ja kahvilan toiseen pöytään. Siinä istui häntä ehkä muutaman vuoden vanhempi mies. Nuorukainen oikeastaan hänkin. Heidän katseensa kohtasivat hetkeksi. Poika hätkähti ensin. Hän jotenkin huomasi, että mies katsoi suoraan häneen, ei hänen ohitseen, ei hänen lävitseen, vaan suoraan kohti. Poika käänsi katseensa olkapäänsä yli. Ei. Siellä ei ollut ketään. Siitä oli pitkä aika, kun joku oli oikeasti kohdannut hänen katseensa. Hänellä oli siitä jonkinlainen muistikuva, mutta hyvin epävarma sellainen. Miehen katse ravisutti, hetken verran jopa raivostutti, mutta samalla se tuntui oudolla tavalla myös rohkaisevalta. Kumma kyllä, se tuntui hyvällä. Siksi se tuntui myös pelottavalta. Mies hymyili hänelle varovasti. Se oli lämmin hymy. Jotenkin rakastava. Poika pudisti päätään ja käänsi jälleen katseensa ulos. Hänet valtasi epäilyksen tunne. Mitä helvettiä tuo mies hänestä halusi? Saattoi vaikka olla mieleltänsä sairas. Ulkona nainen oli kiivennyt kaiteen toiselle puolelle. Siellä hän seisoi tuulen riepottelemana silmät ummessa.

Kummallista, poika mietti. Kuka tahansa pystyisi vielä vaikuttamaan hänen äitinsä päätökseen, jos joku vain kiinnittäisi häneen huomionsa. Joku voisi vielä pelastaa hänet. Mutta kukaan ei häntä nähnyt, tai ei ainakaan ollut näkevinään. Hänen ohitseen oli kulkenut kävellen, lenkkeillen tai pyöräillen kymmeniä ihmisiä. Yksikään ohikulkija ei ollut kuitenkaan uhrannut ajatustakaan tälle naiselle. He, jotka olivat nopeasti vilkaisseet, olivat yhtä nopeasti kääntäneet katseensa pois. Ei mikään ihme sinänsä. Kukaan ei nykyisenä täydellisyyteen pyrkimisen aikana halunnut liittää itseään epätoivoon. Ehkä me olemmekin molemmat näkymättömiä, poika ajatteli. Ehkä hänen äitinsäkin oli pala palalta muuttunut läpinäkyväksi, ihmiseksi, jonka katsetta ei koskaan kohdattu. Oli niin tai näin, mikään ei enää näyttäisi pelastavan tuota naista, joka ei koskaan tullut häntä hakemaan.

4

Veronika

*Timanttisen vihkisormuksensa Veronika oli päättänyt
pitää sormessaan. Se helpottaisi asioita.*

Veronikan päivä oli alkanut kuin mikä tahansa päivä. Hän oli vapaapäivästään huolimatta noussut varhain ja syönyt ravitsevan aamupalan (tällaisesta tavasta oli hyvin vaikea hankkiutua eroon) ennen kuin oli tuulettanut peitot ja tyynyt, pedannut sängyn ja siivonnut keittiön. Tiskikoneen hän oli tyhjännyt ja tiskirätin hän oli vaihtanut uuteen. Hän oli kastellut puutarhan pian täydessä kukassa olevat ruusut ja leikannut harottavat ja kuivuneet oksat. Hän arveli sen työn olevan turhaa, mutta eihän sitä koskaan tiennyt. Sitten hän oli käynyt ruokaostoksilla ja ostanut kaikkea niin paljon, ettei kenenkään tarvitsisi käydä kaupassa ainakaan viikkoon. Maitoa, leipää, juustoa, kahvia. Kalkkunafileitä, joissa oli niin hyvä päivämäärä, että niitä voisi laittaa vielä loppuviikosta. Hän oli muistanut ostaa täytettä pippurimyllyyn, talouspaperia kaksi pakettia, ettei heti loppuisi, pesuainetta ja jopa uuden kahvimitan rikkoutuneen tilalle. Veronika oli ilokseen löytänyt sitä hyvää tomaattikeittoa, jota hänen miehensä usein osti. Sitä hän otti kaksi purkkia. Sen voisi helposti lämmittää ja vaikka syödä leivän kanssa. Sitten vielä hedelmiä, riisiä ja spagettia. Vehnäjauhoja! Hyvä, ettei unohtanut jauhoja. Mitä vielä? Pumpulipuikkoja, hammastahnaa ja uuden hammasharjankin Veronika osti. Ostoksilta kotiuduttuaan hän oli ladannut kahvinkeittimen valmiiksi, jotta kahvi valmistuisi yhdellä napinpainalluksella. Kaiken tämän Veronika teki rakkaudesta mieheensä.

Ilma oli vielä kohtalaisen kaunis, mutta Veronika tiesi, että illaksi oli luvattu sadetta. Siksi hän toi sisälle myös pyykit, silitti ne kuiviksi ja taittoi kauniisti kaappiin. Liinavaatteiden päälle hän asetti pienet laventelituoksupussit, jotka pitäisivät lakanat raikkaina ja hyväntuoksuisina. Kaikki näytti siistiltä, hän jättäisi talon sellaiseen kuntoon, että hänen miehensä olisi helppo olla siellä seuraavan viikon ajan. Ensimmäinen viikko oli pahin. Sen Veronika oli aikaisemmin lukenut jostain netin keskustelufoorumista. Ja hän halusi ennen kaikkea, että kaikki olisi hänen miehelleen mahdollisimman helppoa.

Veronika rakasti miestään. Hän oli rakastanut tätä jo reippaasti yli kymmenen vuotta. Se oli pitkä aika, Veronika mietti itsekseen. Hänen miehensä oli ollut kuin Jumalan lahja. Hän oli antanut Veronikalle niin paljon. Itse asiassa kaikki se, mitä hän oli mieheltään saanut, olisi tehnyt kenestä tahansa naisesta onnellisen. Paitsi Veronikasta. Valitettavasti se ainoa asia, joka olisi sinetöinyt hänen onnensa, ei ollut hänen miehensä ulottuvissa. Rakas ihana mieheni, Veronika mietti. Tavallaan oli sääli, ettei Veronika ollut kyllin onnellinen. Hänen miehensä olisi ansainnut onnellisen vaimon.

Toisaalta se ei koskaan ollut kiinni siitä, ettei Veronika olisi yrittänyt. Hän oli monella tapaa tehnyt kaikkensa, mutta jostain syystä hän ei kuitenkaan olosuhteiden vuoksi yksinkertaisesti sallinut onnea itselleen. Eikä se ollut sellainen asia, että kukaan olisi pystynyt sitä kuin nappia painamalla muuttamaan. Siinä tapauksessa Veronika olisi ollut ensimmäinen, joka sitä nappia olisi painanut.

Ensimmäiset pisarat tippuivat jo taivaalta. Veronika kasteli vielä sisällä olevat kukat ja katsoi sitten viimeisen kerran ympärilleen. Hän korjasi eteisen pöydällä olevan kukkakimpun ruusujen asentoa ja totesi kaiken muun olevan kohdillaan. Keittiön pöydällä odotti kirje ja avain. Veronika nosti kirjeen huulilleen ja antoi niiden hipaista paperia ennen kuin punaisella nimikkomustekynällään lisäsi oman nimensä kirjeen loppuun. Timanttisen vihkisormuksensa Veronika oli päättänyt pitää sormessaan. Se helpottaisi asioita. Hän paranteli vielä meikkejään, lisäsi tummansinistä ripsiväriä pitkien ripsiensä latvoihin, sipaisi hieman aprikoosintuoksuista huulikiiltoa ylähuuleensa ja puristi hetken huuliaan yhteen. Hän harjasi rauhallisin vedoin pitkät vaaleat hiuksensa ja suihkautti suosikkihajuvettään ranteisiinsa. Hän veti syvään hengittäen

mausteisen tuoksun sieraimiinsa. Hajuveden hän oli saanut
mieheltään edellisvuoden jouluna. Jäljellä oli vielä suurin osa
pullosta. Veronika sulki talonsa oven viimeisen kerran ja lähti
puskemaan läpi kovan tuulen, joka enteili säätiedotuksenkin
ennustamaa rankkasadetta. Ilman puolesta oli kyllä kurja päivä
tappaa itsensä.

*

Veronika muisti edelleen täydellisesti sen päivän, kun hän näki poikansa viimeisen kerran. Pieni viisivuotias poika auton ikkunan takana. Hän muisti koskettaneensa poikansa kättä ikkunan läpi. Pojan tumma tukka oli kasvanut kauniisti kiharalle. Veronika rakasti niitä kiharoita. Poika oli perinyt ne isältään, mieheltä, jonka Veronika oli kohdannut vain kerran, mutta joka oli ollut niin kaunis, ettei Veronika ollut osannut vastustaa häntä.

Veronika oli ollut vasta nuori, ei ollut kahtakymmentäkään täyttänyt. Hän oli hakeutunut töihin ruusutarhaan tienatakseen rahat opettajan opintoihinsa. Veronika oli aina rakastanut ruusuja, joten työpaikka oli hänelle mieluinen. Ruusutarhassa asiakkaat vaihtuivat toisiin, eikä yksikään päivä koskaan ollut toisensa näköinen. Yleensä Veronika ei kiinnittänyt mitään erityistä huomiota asiakkaisiin, vaikkakin hänelle toisinaan ojennettiin ruusu jos toinenkin vastineeksi kauniista hymystä. Eräänä muuten niin tavalliselta tuntuneena päivänä ruusutarhan sisään kävellyt mies oli kuitenkin herättänyt hänessä ennen kokemattoman tunteen. Mies oli vienyt Veronikalta jalat alta jo astuessaan ovesta sisään. Hän oli katseellaan seurannut kaunista, kiharatukkaista miestä tämän asioidessa varmoin elkein tarhan omistajan kanssa aiheuttaen Veronikalle sydämentykytystä. Jotain mies ruusutarhalle sai myytyä, vaikkakin koko ajan itsekin oli vilkuillut etäällä asiakkaita palvelevaa nuorta naista. Yhteys naisen ja hänen välillään oli iskenyt kuin salama kirkkaalta taivaalta – yllättäen ja nopeasti. Ilma heidän välissään tuntui väreilevän. Tunne oli vahva ja molempia pakottava. Kumpikaan heistä ei ollut osannut vastustaa sitä – eikä ehkä ollut yrittänytkään – vaan Veronikan työvuoron päätyttyä olivat he päätyneet miehen hotellihuoneelle. Veronika tiesi, että mies lähtisi seuraavana päivänä kaupungista eikä todennäköisesti koskaan palaisi. Sillä ei kuitenkaan ollut mitään merkitystä. Hänet vallannut tunne oli kuitenkin niin voimakas, että hän koki olevansa voimaton sen edessä. Tuntui siltä kuin kohtalo olisi työntänyt Veronikaa miehen syliin ja tämän kaiken oli tarkoitus tapahtua juuri näin.

Veronika ei pojan syntymän jälkeenkään edes ajatellut ottavansa mieheen yhteyttä. Hän ei tiennyt mitään tämän elämästä, eikä hän sinänsä halunnutkaan tietää. Veronika tiesi vain, että kohtalo oli päättänyt antaa hänelle pojan. Vahvana naisena yksinhuoltajuus ei ollut tuntunut lainkaan huonolta asialta, eikä hän siksi kertaakaan ajatellut, ettei hänestä siihen olisi.

Elämässä kaikki ei kuitenkaan aina mene toivotulla tavalla, sen Veronika tiesi jo silloin. Jos hän kuitenkin olisi etukäteen arvannut, miten elämä hänen osaltaan jatkuisi, olisi hän ehkä pohtinut pystymistään uudemman kerran. Pojan ollessa muutaman vuoden ikäinen Veronika oli alkanut oirehtia. Välillä hän joutui olemaan viikkoja poissa hiljattain alkaneesta opettajan työstään. Selittämätön kipu, joka asettui milloin mihinkin osaan hänen kehoaan painoi hänet kovalla kädellä vuoteeseen. Vaikka oli kausia, kun hän pystyi palaamaan työpaikalleen ja luokan eteen, saattoi hän jo silloin aavistaa, ettei mystinen tauti vielä ollut näyttäytynyt hänelle koko voimakkuudessaan. Silloin Veronikaan oli ensimmäisen kerran iskenyt pelko siitä, mitä tapahtuisi, jos hän ei pystyisikään huolehtimaan pojastaan.

Noin viisi vuotta pojan syntymän jälkeen, päivänä, jolloin Veronika oli katsonut poikansa kasvojen painautuvan heidät ensimmäistä kertaa (ja viimeistä, hän saattoi kai nyt näin viimeisenä päivänään todeta) toisistaan erottavan auton ikkunaan, silloin Veronika vielä oli uskonut näkevänsä hänet. Palaavansa. Eikä kyse siinä kohtaa edes ollut uskosta. Veronika *tiesi* palaavansa. Ei hän missään nimessä muuta vaihtoehtoa edes pohtinut. Hän oli kuitenkin jo sairastanut niin pitkään, ettei enää jaksanut eikä myöskään taloudellisesti pystynyt pitämään pojastaan huolta. Jos hän vain saisi keskittyä itseensä ja oman vointinsa kohentamiseen muutaman viikon ajan, voisi hän sen jälkeen taas palata poikansa luo ja hakeutua uuteen kouluun töihin. Näin hän todella uskoi.

Sosiaalitoimistollakin suhtauduttiin tähän positiivisesti.
- Pidät nyt vain huolta itsestäsi, sosiaalityöntekijät olivat sanoneet ja puristaneet hänen olkapäätään myötätuntoisesti.

Kun Veronika olisi jälleen voimistunut, voisi hän palata opettajan työhönsä ja hakea pojan itselleen. Näin hän tekisi, hakisi rakkaan Matthew'nsa kotiin. Siihen saakka poika olisi sijaiskodissa, ja Veronikalle oli kerrottu, että kaikki sinne aikaisemminkin sijoitetut lapset olivat viihtyneet hyvin. Tuskin mitään ongelmaa nytkään olisi, kaikki sujuisi varmasti hyvin. Viikot kuluivat kuitenkin, eikä Veronika löytänyt takaisin oman itsensä luo. Miten ihminen saattoikaan muutamassa viikossa vieraantua täysin siitä, mitä hän koko elämänsä oli ollut? Kului kuukausi, kaksi. Kolmannen kuukauden jälkeen hän ei enää ollut varma, parantuisiko hän koskaan, olisiko hän koskaan enää se vahva ja itsenäinen nainen, joka hän oli joskus ollut.

Veronikan sairaus oli kummallinen tapaus. Välillä kipu oli niin kaiken kattava, ettei ollut voimia nimeksikään. Välillä olisi jaksanut fyysisesti, mutta silloin hermot olivat niin riekaleina, ettei normaali elämä, saati työssäkäynti, ollut mahdollista. Veronika oli omasta mielestään käynyt kaikissa maailman verikokeissa, kaikissa kuvauksissa ja tutkimuksissa ja kaikkien mahdollisten erikoislääkäreiden vastaanotolla. Hän oli myös kokeillut eri ihmisten suosittelemana milloin mitäkin vaihtoehtoishoitoa - eivätkä ne ilmaisia olleet, päinvastoin. Toisinaan Veronikaa hävetti. Hänen pojallaan ei ollut ketään muuta, joten miten Veronika julkesi sairastaa luulotautiaan? Niin, luulotaudiksi Veronika itse omaa sairauttaan kutsui, korvien välissä sen oli oltava. Luulotauti tai ei, tosiasia oli se, että viisivuotiaan pojan tarpeista huolehtiminen oli liikaa.

- Hän on hyvässä sijaisperheessä, älä sinä hänestä huolehdi, rauhoitteli taas sosiaalitoimiston nainen Veronikaa. Taisi jopa olla jokin nimetty henkilökohtainen tukihenkilö. Veronika oli huojentunut kuulemastaan. Samaan perheeseen oli kuulemma sijoitettu toinenkin nuori poika pari vuotta aikaisemmin. Lisäksi he asuivat vain muutaman kilometrin päässä, joten sitten kun Veronika oli kerännyt tarpeeksi voimia, olisi hänen myös helppo käydä tapaamassa poikaansa ja päinvastoin. Sijaisperheen äiti olikin toimiston kautta välittänyt hänelle usean kutsun tulla tapaamaan Matthew'ta.

Veronika kävi tuohon aikaan sosiaalitoimiston kustannuksella psykiatrilla. Se jos mikään kertoi, miten muuttunut nainen hän oli. Miehellä oli kuitenkin alusta alkaen ollut häneen rauhoittava vaikutus. Hänen vastaanotollaan Veronika saattoi aina kolme varttia kestävän vastaanottoajan verran tuntea, että asiat vielä järjestyisivät, että kaikki olisi jonain päivänä vielä hyvin. Siitä tunteesta hän oli nauttinut, hän oli istunut miehen työhuoneen mukavassa nojatuolissa ja imenyt itseensä sitä rauhaa, jonka hän vain siellä saattoi kokea. Sinänsä tämä oli Veronikalle uusi kokemus – riippuvaisuus jostain toisesta ihmisestä. Hän, joka oli tottunut kannattelemaan omaa olemassaoloaan omilla voimillaan. Kunnes kuvaan astui sairastuminen. Veronikan oli kai juuri siksi vaikea hyväksyä, että sairastelu oli tehnyt hänestä heikon, henkilön, joka joutui turvautumaan yhteiskunnan tukirakenteisiin. Se oli kaikin puolin kova pala nieltäväksi muiden vaivojen lisäksi.

Psykiatri oli hieman häntä vanhempi, voimakkaan oloinen ja humoristinen mies. Joskus Veronika olisi vain halunnut kiivetä tämän syliin ja hengittää sisään nojatuolillekin saakka leijuvan partaveden hajun. Oliko mies naimisissa vai naimaton, sitä hän ei luonnollisesti ollut kertonut, mutta sormusta hänellä ei ollut. Miksi Veronika oli siihen kiinnittänyt huomiota, sitä hän ei tiennyt. Miehen löytäminen ei ehkä sillä hetkellä ollut se ihan ensimmäinen tavoite. Toisinaan Veronika antoi katseensa vaeltaa suuressa huoneessa. Iso kirjoituspöytä oli suuren, seinän kokoisen ikkunan edessä. Vastaanoton sijainti keskellä keskustaa, tornitalon neljännessätoista kerroksessa, tarjosi sekä psykiatrille että hänen potilailleen mahtavat näkymät kaupungin ylle – jos nyt joku hänen potilaistaan jaksoi keskittyä maisemien ihastelemiseen. Kirjoituspöydän ja oven välissä oli kaksi muhkeaa nojatuolia. Sairaus oli syönyt Veronikaa niin, että hän saattoi lähes kadota nojatuolin muhkeuteen. Vastaanoton seinillä oli lukuisia kunniakirjoja, todistuksia ja diplomeja, kaikki siististi kehystettyinä samanlaisiin hopeanharmaisiin kehyksiin. Tämä mies oli ilmiselvästi kouluttautunut niin paljon kuin kenenkään sen ikäisen oli mahdollista. Hän, jos kukaan, osaisi auttaa. Näin voisi ainakin päätellä. Muuten steriilissä ja ammattitaitoa huokuvassa toimistossa oli yksi yllättävä piirre, jonka Veronikakin oli huomannut vasta usean käynnin jälkeen: kirjoituspöydän kirjoitusalustassa oli kuva Muppeteista tutusta, aina yhtä iloisesta Elmosta. Kaikki nämä tekijät yhteensä antoivat Veronikan ymmärtää, että tohtori Dave oli kaikin puolin tasapainoinen mies.

Vaikka Veronikan huomio miehestä kaikin tavoin olikin pelkästään positiivinen asia, ärsytti se häntä yhtä lailla. Kohtalostaan epävarmana häntä suututti enemmän kuin koskaan oma rajallisuutensa, vasta pintaan noussut heikkoutensa. Miten joillakin ihmisillä saattoikaan olla kaikki elämän palaset niin kohdallaan, kun hänellä itsellään oli koko olemassaolonsa riekaleina?

5

Ethel

Elämässä oli taipumus tapahtua asioita,
jotka johdattivat ihmisiä polullaan eteenpäin.

Aamu oli kirkas sinä lokakuisena sunnuntaina. Yö oli ollut kylmä, paljon kylmempi kuin aikaisemmin sinä vuonna. Ethel kiirehti kohti pappilaa. Ei siksi, että olisi ollut myöhässä, vaan pysyäkseen lämpimänä. Askel oli naisen varren tavoin lyhyenläntä, mutta sitäkin nopeampi. Hän olisi perillä aikaisemmin kuin oli pastorin kanssa sopinut, mutta mieluummin hän puuhastelisi lämpimässä keittiössä hieman pidempään kuin jäätyisi aamun kylmään. Ehkä hän jopa ehtisi keittää itselleen kupillisen kuumaa maitoa ennen ryhtymistä töihin. Sitä paitsi pappilan keittiö oli tuttu paikka. Ethel oli jo nuorena tyttönä ollut siellä apuna isojen juhlatilaisuuksien, yleensä häiden tai hautajaisten, järjestelyissä.

Miksei hän ollut ymmärtänyt laittaa pitkiä sukkia jalkaan? Ethel lisäsi askeltensa vauhtia ja yritti samalla rentouttaa koko kehonsa. Askeleet jatkoivat tuttua polkua kuin itsestään ja sallivat näin hänen kadota hetkeksi kylmää pakoon lämpimiin muistoihin. Suljettujen silmäluomien takana hän näki auringon lämmittämät kalliot ja kimaltelevan järven. Hän kuuli siskojensa kikatuksen, kun he leikillään roiskuttivat toistensa päälle vettä. Hän tunsi selkänsä alla lämpimän kiven ja luomiensa takana helottavan auringon. Ihana kesä! Ethel avasi silmät todetakseen pappilan olevan muutaman harppauksen päässä.

Hän näki sen astuessaan portista sisälle. Ihmetys sai hänet ensin pysähtymään, sitten hän lähestyi sitä varovasti. Pappilan portailla oli iso, punottu kori. Uteliaana Ethel kiirehti viimeisiä askeliaan, kunnes rappujen juuressa jälleen pysähtyi kuin seinään. Niitä oli kaksi ja ne vain olivat siinä, vierekkäin. Toisella silmät olivat ummessa, toinen tarkkaili pelottomasti ja uteliaana korin reunan yli ilmestyneitä kasvoja. Ethel tuijotti takaisin suurilla ja hämmästyneillä sinisillä silmillään. Hetkeksi aika pysähtyi eikä mikään muukaan tuntunut liikkuvan – eivät edes ajatukset tämän muuten niin vilkkaan, pappilan rappusille pysähtyneen kaksikymmentäyhdeksän vuotiaan naisen mielessä. Ethelin valtasi yksi ainoa voimakas tunne, yksi ainoa kirkas ajatus; ikään kuin jokin korkeampi voima olisi päättänyt hänen puolestaan, mitä tehdä.

Kukaan ei sinä lokakuisena sunnuntaiaamuna nähnyt peltojen halki kiirehtivää naista. Kukaan ei huomannut hänen poistuvan pappilan pihamaalta iso kori sylissään. Silti Ethel juoksi niin nopeaa kuin ikinä pystyi. Kuin omenavarkaissa oleva pikkupoika hän vilkuili hermostuneena ympäriinsä varmistaen, ettei kukaan häntä nähnyt. Joku muu olisi saattanut pohtia, oliko hänen tekonsa oikea vai väärä, mutta Ethel ei sitä tehnyt. Miten hänen tekonsa olisi edes voinut olla väärä? Jumala oli antanut hänelle sen, mitä hän oli niin monena yksinäisenä yönä pyytänyt. Ei, Ethel ei ollut epäröinyt hetkeäkään, kun hän oli työntänyt kylmän kätensä koriin ja koskettanut hereillä olevan pientä nenänpäätä, kumartunut suutelemaan kummankin otsaa hellästi ja sitten päättäväisesti nostanut korin syliinsä. Ethel oli varmempi tästä asiasta kuin oli ollut mistään muusta koko elämänsä aikana: Jumala oli tarkoituksella jättänyt nämä kaksi poikaa juuri hänen löydettäviksi.

Kylmän yön jäykistämät heinät viilsivät pieniä haavoja Ethelin nilkkoihin. Askel oli nopea ja pian, yhden kukkulan ja yhden metsikön jälkeen, hän olisi jo kotona. Mielessään hän kiitti Jumalaa kerta toisen jälkeen. Hän ei ollut koskaan uskaltanut ajatellakaan, että hän saisi pyytämänsä. Siksi hän lupasi sydämessään yhä uudelleen ja uudelleen kasvattavansa vastineeksi kaksi reipasta poikaa, jotka aina pyrkisivät tekemään parhaansa, jotka rakastaisivat pyyteettömästi ja jotka näkisivät hyvää kaikissa kanssaihmisissään. Hän kasvattaisi kaksi poikaa, jotka olemassaolollaan tekisivät maailmasta paremman paikan. Jos he vain saisivat jäädä.

Saapuessaan kotipihalleen Ethel varmisti nopeasti, ettei kukaan ollut huomannut hänen tuloaan. Hän kiersi kallisarvoisen kantamuksensa kanssa hevostallit ja painui tallirakennuksen takaovesta sisälle. Lämmön suomassa suojassa Ethel nosti ensimmäisen pienokaisen korista ja piteli häntä ensimmäistä kertaa sylissään. Poika venytteli pieniä käsiään tyytyväisen oloisena ja tarttui sitten Ethelin peukaloon. Ethel tunsi, miten hänen kehonsa lävitse ampaisi lämmin nuoli. Miten onnekas hän saattoi ollakaan!

- Sinä -, hän kuiskasi hiljaa hereillä olevalle pojalle, - sinusta tulee Alfred ja nukkuvasta veljestäsi taitaa tulla Arthur.

Ethel tunsi hetken verran sisimpänsä rauhoittuvan tavalla, jota hän ei ollut aikaisemmin kokenut. Sinänsä tunne oli outo, sillä vain hetki sitten hänen sydämensä oli hakannut samaan tahtiin kuin hänen jalkansa olivat kiirehtineet peltojen halki. Vain hetki sitten hänen päänsä sisällä oli vilissyt niin paljon ajatuksia, ettei niistä millään meinannut saada kiinni. Vain hetki sitten hän oli vilkuillut ympäriinsä hermoillen, näkisikö joku hänen tulevan. Mutta nyt. Nyt kaikki oli pysähtynyt hänen ympärillään. Aika. Ajatukset. Pelko. Ethel oli rohkea nainen. Vahva. Sitä hän oli aina ollut. Mutta jonkinasteinen pelko oli viime aikoina ollut jatkuvasti läsnä. Kuin sisältäpäin nakertaen itselleen lisää tilaa oli se pala palalta voimistunut. Se oli epävarmuutta omasta riittävyydestä, pelko siitä, ettei hän ollut se ihminen, joka hänen oli tarkoitus olla. Että hän oli eksynyt siltä polulta, joka hänelle oli piirretty. Mutta nyt. Nyt kaikki oli hyvin. Ethel oli löytänyt takaisin polulleen. Hän hymyili sylissään olevalle pienen pienelle elämänalulle, joka uteliaasti tarkkaili ympärillään olevaa maailmaa. Ethel asetti poikansa taas veljensä viereen ja sulki silmänsä. Hän halusi vielä hetken verran jäädä siihen mielentilaan, joka hänet oli vallannut, sillä hän tiesi, että sinä hetkenä kun hän astuisi perheensä keskelle lämpimään tupaan, joutuisi hän heräämään tästä unesta.

*

Ethel oli uskovaisesta perheestä. Hänen vanhempansa olivat kasvattaneet kaikki lapsensa uskomaan Jumalan johdatukseen sekä siihen, että kaikella oli tarkoituksensa. Silti Ethel tiesi, ettei voinut kertoa totuutta vanhemmilleen löytämistään poikalapsista. Valehteleminen ei kuulunut hänen tapoihinsa, mutta jollain lailla Ethelistä tuntui, että pieni valkoinen valhe voisi pelastaa hänen pienokaisensa. Sinä syksyisenä aamuna, kun hän astuikin kynnyksen yli kaksi lasta käsivarsillaan sen sijaan, että olisi ollut pappilassa keittämässä kahvia ja kattamassa pöytiä, hänellä oli valmis tarina kerrottavana vanhemmilleen.

Pöydälle oli asetettu juuri tulelta nostettu höyryävän kuuma kahvipannu. Kahvipöytää kattaessa Ethelin äiti kohotti kulmiansa nähdessään vanhimman tyttärensä astuvan ovesta sisään kaksi kääröä käsivarsillaan. Sanomatta mitään hän raivasi tyttärelleen tilaa pöydän äärestä ja asetti kahvikupin tämän eteen. Harvoin oli hän nähnyt tyttärensä silmissä sellaista paloa. Hän siirsi katseensa ensin toiseen lapseen, tarmokkaasti nyrkkejään puristavaan poikaan, ja sitten toiseen, rauhassa mytyn suojassa nukkuvaan. Ethelin äiti oli nainen, joka ei pienestä hätkähtänyt (Ethel oli tämän piirteen kai perinyt juuri häneltä), eikä hän juurikaan ihmetellyt kahden lapsen ilmestymistä. Elämässä oli taipumus tapahtua asioita, jotka johdattivat ihmisiä polullaan eteenpäin – näin hän oli ainakin itse aina ajatellut. Ehkä se oli ollut hänen tapansa

selittää itselleen elämän tarkoitusta, mutta sen saman ajatuksen hän oli siirtänyt myös lapsilleen. Hän kävi kutsumassa miehensä pöytään, ja molempien löydettyä omat paikkansa hän puhui tyttärelleen ensimmäisen kerran tämän astuttua koleasta syysaamusta tupaan. Yhden ainoan sanan hän lausui:
- Kerro.

Tarina, jonka Ethel kertoi kirkkain sinisin silmin, (sisimmässään kuitenkin pyytäen vilpittömästi Jumalalta anteeksi vanhemmilleen kertomiaan valheita) paljasti, että hän oli matkallaan pappilaan törmännyt lohduttomasti itkevään nuoreen tyttöön tienvieressä. Tytöllä oli mukanansa iso kori, jonka viltin alta hän paljasti Ethelille kaksi poikaansa, Alfredin ja Arthurin. Tytöllä ei ollut kotiin menemistä lastensa kanssa. Isästä ei ollut tietoa ja tyttö oli muutenkin liian nuori ryhtyäkseen äidiksi. Itkien hän rukoili Etheliä ottamaan lapset, kasvattamaan ne ominaan ja näin pelastamaan tytön – ja poikien – elämän. Koska Ethel oli kasvatettu auttamaan lähimmäistään, hän ei nähnyt, miten olisi voinut jättää tytön pienokaistensa kanssa tienviereen.
- Minun oli velvollisuus auttaa häntä, eikö ollutkin?

Sinänsä Ethel olisi voinut kertoa myös totuuden. Hän kuitenkin pelkäsi, että sen jälkeen hänen vanhempansa olisivat vaatineet häntä viemään pojat takaisin sinne, minne ne oli jätettykin. Ethel ei halunnut ottaa sitä riskiä. Koska hän oli lapset löytänyt, ei sillä ollut merkitystä, olivatko ne alun perin tarkoitettu hänen löydettäviksi vai jonkun muun. Se epätoivoinen ihminen, joka oli ne jättänyt pappilan portaille, oli selkeästi vain toivonut jonkun huolehtivan pojista. Nyt sen tekisi Ethel. Sitä paitsi hän oli varma, että tarkoitus oli nimenomaan ollut se, että juuri hän löytäisi korin pappilan rappusilta. Miksi se olisi siinä muuten ollut juuri silloin, kun hän astui pihaan? Hän oli sitä paitsi rukoillut itselleen kahta asiaa niin kauan kuin saattoi rukouksiaan muistaa. Hän oli hartaasti toivonut Jumalan tuovan hänelle ahkeran, hellän, ystävällisen miehen, sellaisen, josta saisi hyvän kumppanin elämänsä varrelle. Toisena ja ehkäpä jopa tärkeämpänä toiveena hän oli esittänyt saavansa kokea äitiyden onnen. Ethel tiesi kyllä olevansa eräänlainen outolintu. Päästyään lähes kolmenkymmenen vuoden ikään hän ei ollut koskaan ollut minkäänlaisessa romanttisessa kanssakäynnissä miehen kanssa, saati sitten seurustellut kenenkään kanssa. Hänen nuoremmat siskonsa olivat toisaalta tehneet tuttavuutta vastakkaisen sukupuolen kanssa muidenkin edestä. Se oli kuitenkin oma tarinansa. Kaikki tämä tarkoitti eittämättä myös sitä, ettei hänelle ollut suotu mahdollisuutta omaan perheeseen. Ehkä hänen vanhempansa olisivat senkin asianhaaran huomioiden saattaneet hyväksyä hänen päätöksensä ottaa lapset mukaansa ja tuoda ne kotiin, mutta Ethel ei näinkin tärkeässä asiassa ollut valmis ottamaan sitä riskiä.

Oli siinä riskinsä tai ei, Ethelin vanhemmilla ei ollut ajatusta osoittaa kahdelle viattomalle lapselle ovea. Ethelin äiti koki lasten olevan lahja Pelastajalta. Ethelin isä ei tapansa mukaan paljon puhunut, mutta sen verran hän sai sanottua, että lapset olisivat Ethelin vastuulla ja että kyllä tilalla aina parille poikalapselle vuosien mittaan löytyisi tekemistä. Sinä päivänä ja iltana Ethel kohdisti jatkuvan hiljaisen kiitoksen kohti kattohirsiä.

Alfred ja Arthur jäivät siis taloon, ja vaikka kylillä heistä puhuttiinkin - toisinaan Ethelin selän takana, toisinaan hänelle itselleen - palautui arki nopeasti. Kylvötöiden alkaessa kukaan ei enää kyseenalaistanut pienen kyläyhteisön kahta uusinta tulokasta.

6

Keskustelu

Sinun ajatuksesi toistuvat myös muissa ihmisissä.
Ne eivät ole sinun ajatuksiasi, ne ovat kuin joki, joka virtaa
lävitsesi. Ne tulevat jostain ja ne päätyvät jonnekin.

- Et pysty muuttamaan menneisyyttäsi, et voi sitä korjata. Sen sijaan voit vaikuttaa tulevaisuuteen. Sinun tulevaisuuteesi ja koko ihmiskunnan tulevaisuuteen.

- Miten minä muka pystyn vaikuttamaan koko ihmiskunnan tulevaisuuteen? Poika katsoi minua. Hänen äänensä oli painunut, käheä. Kuin olisi ollut pitkään käyttämättömänä. Hänen katseensa oli kysyvä, mutta samalla epäilevä, pettynyt, katkera. Jollain tasolla jopa ärsyyntynyt, syyttävä. Hän halusi kuitenkin uskoa, tiesin sen. Hän ei vain uskaltanut. Uskominen vaatii rohkeutta, sitä hänellä ei ollut.

- Sinä olet osa ihmiskuntaa. Sinä olet yksi pala ketjua, jonka muodostamme, koko ihmiskunta. Kun sinä liikut, osa ketjusta liikkuu mukanasi. Sinun energiasi liikuttaa muitakin kuin vain itseäsi. Sinun ajatuksesi toistuvat myös muissa ihmisissä. Ne eivät ole sinun ajatuksiasi, ne ovat kuin joki, joka virtaa lävitsesi. Ne tulevat jostain ja ne päätyvät jonnekin. Ne vain kulkevat sinun kauttasi. Ymmärrätkö?

Poika ei vastannut. Hän ei nyökännyt. Ei reagoinut.

Epäröin hetken, mutta jatkoin.

- Tästä syystä me kaikki pystymme vaikuttamaan myös yksilöinä. Yksi ihminen. Yksi teko. Yksi ajatus. Muuta se ei vaadi.

Katsoin häntä. En pystynyt arvioimaan, liikkuiko hänen mielessään mitään. Päätin tuoda Alfredin peliin.

- Minun isoisäni opetti, että ihminen voi aina vain tehdä parhaansa. Teot eivät koskaan vaadi suurta suunnitelmaa, suuria tavoitteita. Ne vaativat lähtökohdan, joka on aikeiltaan hyvä. Ne vaativat rakkautta, uskoa ihmiskuntaan, elämään. Ne eivät vaadi virheettömyyttä. Ne vaativat hyvää tahtoa, mutta eivät muuta. Uskotko?

Poika ei vieläkään vastannut. Sen sijaan jokin murtui hänen sisällään ja olin näkevinäni kyyneleen muodostuvan hänen silmäkulmassaan. Ylittäessään alaluomen reunan se valui kirkkaana ja kauniina poskea pitkin alas. Täytyin toivosta.

*

Sinänsä en tiennyt, mikä tämän tuntemattoman nuoren miehen käsin kosketeltavan tuskan takana oli, enkä tiennyt sitäkään, oliko järkeä lähteä sitä purkamaan. Oliko minulla edes siihen oikeutta? Sitä en tiennyt. Halusin vain niin kovasti auttaa. Toisaalta mikään ei sanonut sitäkään, että minä osaisin auttaa häntä, mutta koko elämäni olin kasvanut kuullen, että yrittää pitää aina.

Oma elämäni ei sekään aina ollut yksinkertaista ja helppoa, olin minäkin saanut kokea jos jonkinlaista tuskaa ja menetystä. Aika kuitenkin paransi syvimmätkin haavat, siihen oli vain luotettava. Mitä tahansa tapahtui, se piti vain hyväksyä – näin Alfred minulle opetti itkiessäni aivoverenvuotoon kuolleen isoäitini perään. Elämä toi ja vei, ja kaikki se oli hyväksyttävä. Kun tilanteen kanssa oli sinut, piti seuraavaksi suunnata katse eteenpäin ja luottaa huomiseen.

- Huominen on kuin tukeva kaide, lohdutti Alfred minua silloin.

- Tartu siihen ja luota, että se kestää.

Isoisäni elämänfilosofia tuntui niin helpolta – siinä tilanteessa lähes liian helpolta. Välillä mietin, työnsikö hän kaikki surut liiankin sujuvasti taakseen, olisiko hänen kuitenkin parempi hieman myös käsitellä niitä ennen kuin käänsi katseensa kohti huomista. Alfred oli kuitenkin sitä mieltä, että menneitä oli turha jäädä märehtimään. Menneisyyttä ei voinut muuttaa, ei korjata, ja senhän minäkin olin jo sujuvasti toistanut kuin kaikuna omasta lapsuudestani nuorelle tuntemattomalle miehelle kantakahvilassani. Silti en voinut väittää, etten itse koskaan olisi asiassa epäröinyt, päinvastoin. Mutta pointti ei ehkä ollutkaan se, ettei saanut epäröidä. Tärkeää oli, että näin tehdessään keräsi kaiken sisäisen uskonsa ja voimansa ja nosti katseensa rohkeasti kohti tulevaa.

Olin menettänyt tärkeitä ihmisiä ja suuren rakkauden. Tuo suuri rakkaus olikin ehkä se asia, jonka perään nyt parikymppisenä haikailin kaikista eniten. Olin sinut sen kanssa, että vanhempani olivat päättäneet muuttaa toiselle puolelle maata viettääkseen ansaittuja eläkepäiviään kaukana suurkaupungista. Olin myös hyväksynyt sen, että sisarukseni olivat perustaneet omat perheensä useamman tunnin ajomatkan päähän. Olin jopa sisäistänyt sen, että useamman vuoden kestänyt suhteeni elämäni naiseen (jonka olin tavannut ja johon olin tulisesti rakastunut neljätoistavuotiaana miehenalkuna) oli kariutunut hänen yllättäen löydettyään elämänsä miehen – miehen, joka en ollut minä. Kaikki nämä asiat olin hyväksynyt ja mielessäni arkistoinut muiden menneiden tapahtumien joukkoon. Asia, jota en voinut ymmärtää oli se, että olin jo neljä vuotta viettänyt hyvinkin rauhallista yksineloa. Toki pystyin ymmärtämään, että näin oli, mutta en sitä, miksi. Joinain päivinä pelkäsin, etten koskaan enää tapaisi ihmistä, joka haluaisi jakaa elämänsä juuri minun kanssani. Isoisäni olisi tälle pelolle nauranut sydämellisesti. Tiesin sen, mutta se ei pelkoani poistanut. "Olet vielä niin nuori, Jonathan", hän olisi sanonut. "Muutama vuosi ei ole kuin pisara meressä elämäsi kaaressa." Sitten hän olisi kehottanut minua olemaan kärsivällinen ja uskomaan tulevaan.

Olin oppinut niin paljon Alfredilta. Isoisäni tavoin pyrin tekemään kaiken rakkaudesta. Kirjoitin, koska rakastin tarinoiden kertomista ja koska rakastin kuvittelemaani lukijaa. Pyrin joka päivä kohtelemaan kaikkia kohtaamiani ihmisiä kunnioituksella ja lempein mielin, ja edelleen autoin kauppakassien kantamisessa, vaikka en enää äitiäni, kuten olin pikkupoikana tehnyt, vaan naapurissa asuvaa vanhaa rouvaa. Työpaikallani autoin siinä missä osasin ja pyrin aina olemaan avoin ja ystävällinen. Hieman ehkä ennakkoa pyytäen olisin toivonut, että elämä palkitsisi minut ihmisellä, jonka kanssa saisin jakaa arjen. Mielestäni se ei suinkaan ollut kohtuuton pyyntö. Kuitenkaan se ihminen ei vain ollut tullut polullani vastaan. Vaikka usein tein kaikkeni ollakseni kärsivällinen, muistaakseni, että kaikki tapahtui suuremman ja tärkeämmän syyn vuoksi, valtasi minut usein yksinäisyyden tunne. Suuri pala puuttui, ja se teki elämästäni epätasapainoisen omalla tavallaan.

*

Kyynelten raidoittaessa pojan kasvoja hän päätti vihdoin puhua minulle.

- Minun äitini jätti minut. Antoi pois.

Katsoin poikaa. Hänen kyynelvirtansa tuli minulle täytenä yllätyksenä. Kovaan kuoreen oli tullut särö.

- Se oli hänen päätöksensä. Omapa oli valintansa.

Pohdin hetken kummallisia sanoja. En voinut väittää ymmärtäväni tätä nuorta miestä.

- Entä isäsi?

Poika katsoi minua kuin ei olisi ymmärtänyt sanaa *isä*, mutta pudisti sitten päätään.

- En ole koskaan nähnyt isääni. Kai se joku pummi oli.

Hän kaivoi taskustaan tupakan ja sytytti sen. En ollut koskaan nähnyt kenenkään sytyttävän tupakan heti toisen perään. Hänen kasvoillaan häviävän pienen hetken verran käynyt herkkyys oli kadonnut. Sade hakkasi ikkunaan.

- Koska äitisi antoi sinut pois? En tiennyt, halusiko poika oikeasti jutella asiasta, mutta päätin jatkaa keskustelua. Ehkä hän nimenomaan halusi puhua siitä. Ja jos ei, kai hän sitten puhuisi jostain muusta tai ei lainkaan.

Poika kohautti olkapäitään. Hän imi pitkään ja hartaasti tupakkaansa.

- Olin viiden vanha.

Hän katsoi minua suoraan silmiin. Halusin kääntää katseeni, mutta en kehdannut niitä tehdä. Katseessa ei ollut surua, pelkästään tuskaa. Se tuntui sellaiselta tuskalta, jonka olisi jo pitänyt mennä pois, haalistua, hiljalleen väistyä, mutta josta pidettiin niin lujaa kiinni, ettei se mennyt minnekään. Olin nähnyt tuollaista tuskaa ihmisissä aikaisemminkin. Joskus se saattoi olla ainoa asia, joka toisesta ihmisestä jäi. Silloin siitä saattoi pitää kiinni ihan vain siksi, että jotain sentään olisi jäljellä. Ehkä Alfredin tapa hyväksyä asia ja jatkaa eteenpäin sittenkin oli viisaampi.

- Olit vasta pieni.

Näin ambulanssin ajavan ikkunan ohi. Sen hälytysääni peitti kaikki muut äänet. Annoin sen ajaa kauemmas ennen kuin jatkoin.

- Tiedätkö miksi hän teki niin?

Seurasi pitkä hiljaisuus. En ollut ennen kohdannut henkilöä, joka ei vain vaivautunut vastaamaan. Keskustelukumppaniani ei selkeästi häirinnyt se, että odotin vaivautuneen oloisena hänen sanovan jotain.

- Sen oli kai pakko. Ei pystynyt pitämään minusta huolta, oli sairas.

Vastaus tuli viimein. Se helpotti oloani. Koko ajan kohtasin pojan katseen. Se oli epätavallisen kirkas eikä lainkaan sopinut hänen muuten niin sotkuiseen olemukseensa. Hetken verran muistelin lapsuudestani vanhan kerjäläisen katsetta. Voikohan tuska kirkastaa ihmisen katseen, mietin sitten.

Kämmenselällään poika pyyhki poskensa ja poltti sitten rauhassa tupakkansa loppuun.

- Jouduin sijaisperheeseen. Äitini meni muutaman vuoden kuluttua naimisiin. Näin minulle kerrottiin.

- Oletko nähnyt äitiäsi sen jälkeen?

- Olen. Näin hänet äsken.

Hätkähdin. Vastaus kysymykseeni oli odottamaton. Ilmankos, että hän oli alkanut puhua äidistään. Toisaalta hänen kasvojaan väritti oudonlainen välinpitämättömyys. Ristiriita hänen odottamattoman tunteidenpurkauksensa ja hänen olemuksensa välillä tuntui jollain tasolla niin väärältä.

- Siis hetki sitten? Juttelitko hänen kanssaan?

Poika pudisti jälleen päätään. Hän kaivoi taskustaan ties kuinka monennen tupakan ja nyökkäili ulospäin.

- Hän heittäytyi juuri tuolta sillalta.

Hetken verran luulin, että olin kuullut väärin, sitten epäilin pojan sanoja, jopa hänen mielensä terveyttä. Teki mieli nousta tuolilta ja juosta ulos, katsoa, minne ambulanssi oli mennyt ja mitä oli tapahtunut. Tämä mies on hullu, ajattelin. Ei terve ihminen päästäisi suustansa tuollaisia asioita ja vielä naama peruslukemilla. Katsoin ulos. Ambulanssi oli pysähtynyt tien reunaan. Kaduin heti ajatuksiani, häpesin niitä. Kuka minäkin luulin olevani? Poika ansaitsi kunnioitukseni, oli hän sentään avautunut minulle, tuntemattomalle ihmiselle. Absurdista tilanteesta huolimatta jokin sanoi minulle, että minun läsnäoloani tarvittiin juuri siellä, missä olin. Päätin kohdata tilanteen mahdollisimman avoimella sydämellä. Vaikkakin joutuisin pinnistelemään.

En hetkeen sanonut mitään. Sen sijaan tarkkailin pojan katsetta, yritin tunkeutua sen lävitse hänen mieleensä. Poika katseli minua ja sitten ulos ikkunasta. Minä tartuin häntä kädestä kiinni, mutta hän veti kätensä pois. Minua ärsytti heti hätäinen kosketukseni, se oli hänelle liikaa. Vastapäätäni istuva henkilö oli minulle täysin outo. Hän oli kaikin puolin sen näköinen, ettei pitänyt itsestään huolta. Hänen vaatteensa olivat vanhat ja kuluneet, hänen tukkansa pitkä ja rasvainen. En osannut päättää, johtuiko hänen ulkoinen olemuksensa siitä, ettei hän välittänyt, vai jostain muusta. Saattaa jopa olla huumeiden käyttäjä, ajattelin hetken, mutta en juuri uskonut siihen teoriaan itsekään.

- Se ei ollut sinun syysi. En tiennyt, pitikö minun sanoa niin – se kuulosti aikamoiselta kliseeltä, mutta en tiennyt mitä muutakaan sanoa.
- Tavallaan ei, tavallaan oli. Äitini teki itse oman päätöksensä. Hän tappoi itsensä. Toisaalta minä tavallaan tapoin hänet olemalla tekemättä mitään estääkseni sen.
- Olen pahoillani.
Olin todella pahoillani. Miten minä voisin alkuunkaan ymmärtää, mitä poika oli käynyt lävitse? Olin pahoillani myös hänen äitinsä puolesta. Mikä oli saanut hänet päätymään sellaiseen radikaaliin ratkaisuun? Tunsin itseni todella

hölmöksi. Olin lähestynyt poikaa, koska hän oli vaikuttanut niin yksinäiseltä. Olin nähnyt jonkinlaisen pilkahduksen hänen katseessaan, ja olin päätellyt sen olevan eräänlainen alitajuinen kutsu. Olin siirtynyt kahvikuppini kanssa hänen pöytäänsä ja esitellyt itseni. Sitten olimme istuneet hiljaa. Hän ei kertonut omaa nimeään, vaan tarttui epäilevän oloisesti tarjoamaani käteen, puristi sitä hädin tuskin ja oli sitten vain hiljaa. Hetken kuluttua hän oli kuitenkin avannut suunsa, puhunut äidistään, joka asui jossain kaupungin laidalla, hienostoalueella. Hänestä oli jollain lailla huokunut syvältä sisältä tuleva tuska. Olin kai aistinut jonkinlaista katumusta hänen äänessään.

- Jestas sentään!

Käänsin katseeni kohti huudahdusta. Pitkäaikainen tuttavani, kahvilaa pyörittävä Didi seisoi kauhistuneena ovensuussa käsi suunsa suojana. Hän katsoi minuun.

- Jonathan! Tuolta joesta nostettiin joku! Siellä on ambulanssit ja kaikki!

Katsoin poikaa. Mitä hänen mielessään liikkui? Miettikö hän lainkaan, oliko nainen pelastettavissa? Olisiko hän siitä hyvillään vai pahoillaan? Hänen katseensa ei sitä kertonut. Sen sijaan hän tumppasi jälleen tupakkansa. Hetki sitten hänen kasvojaan vielä minuutteja sitten kastelleista kyynelistä ei näkynyt enää jälkeäkään, vaan hän tuntui jälleen sulkeutuneen omaan maailmaansa. Mietin, miten ihmisen sydän voi noin kovettua. Se ei voinut olla helppoa.

Päätin kuitenkin vielä yrittää.

- Minä tapaan käydä täällä kahvilassa lähes päivittäin, sanoin.

- Jos haluat tavata uudelleen tai jutella.

Hän katsoi minua hieman pöyristyneenä, lähes loukkaantuneen näköisenä, ja käänsi sitten jälleen katseensa ulos ikkunasta. Yhtäkkiä tuntui siltä, että heräsin unesta, jossa olin jutellut hänen kanssaan. Olinko sittenkin kuvitellut kaiken, sillä nyt poika käyttäytyi kuin ei olisi minulle koskaan sanonut sanaakaan? Olin selvästi tunkeutunut liian lähelle. Tilanne sai minut täysin ymmälleni ja samalla olin ahdistunut kahvilan ulkopuolella tapahtuneesta.

Sade kasteli edelleen elämää toisella puolella ikkunaa. Minä nousin tuoliltani, vedin takkini tiukasti kiinni ja lähdin ulos. Nostin katseeni kohti yhä tummenevaa taivasta. Toivottavasti Alfred oli nähnyt tämän.

7

Poika

Helen risti joka ilta nukkumaan mennessään kätensä
ja rukoili, että pojan äiti pian pääsisi jaloilleen.

Helen oli juuri ripustamassa pyykkiä takapihallaan, kun poika tuotiin. Ensisilmäykseltä hän vaikutti hyvin ujolta. Hetken verran Helen seurasi tätä kauempaa sen sijaan, että olisi heti rynnännyt autolle. Hän ei halunnut säikäyttää poikaa. He olivat sanoneet tämän olevan viiden vanha. Äkkiseltään poika vaikutti nuoremmalta, jopa pari vuotta nuoremmalta. Hän oli pienikokoinen, jotenkin vielä niin heiveröisen oloinen. Hänen katseensa oli tiukasti maassa. Pojan hiukset olivat suloisesti kiharalla. Helen katsoi säälien nallea tiukasti sylissään puristavaa poikaa. Ei noin pieni millään voinut ymmärtää tilannetta – silti hän oli juuri sen verran vanha, että kaikki tämä taatusti oli hänelle kova pala.

Poika ei ollut ensimmäinen, joka sijoitettiin Helenin ja hänen miehensä kotiin. Keski-ikäisen pariskunnan koti oli vuosien varrella toiminut useamman lapsen sijaiskotina. Omia lapsia pari ei ollut koskaan saanut, mutta mikään ongelma se ei toki koskaan ollut. Kuitenkin Helen oli miehensä kanssa ollut yhtä mieltä siitä, että isoon omakotitaloon mahtuisi helposti useampi muukin asumaan. Jokainen lapsi oli kuitenkin ollut erilainen. Jokaisella oli erilaiset tarpeet, erilainen tausta. Kaikki he olivat olleet yhtä rakkaita.

Helen ripusti viimeisen lakanan pyykkinarulle, pyyhki kätensä essuunsa ja käveli kohti sosiaalityöntekijän vieressä odottavaa poikaa. Toivottavasti kaikki asiat järjestyisivät.

Poika puristi nalleaan yhä lujempaa, kun näki Helenin lähestyvän. Helen nyökkäsi naiselle ja kyykistyi pojan eteen.
- Hei Matthew. Minä olen Helen.
Poika ei tarttunut ojennettuun käteen, joten Helen puristi tämän olkapäätä ystävällisesti.
- Toivottavasti sinulla on nälkä, otin juuri pizzan uunista.
Helen näki pojan katseen kirkastuvan hetkeksi, ennen kuin tämä katsoi huolestuneen näköisenä sosiaalityöntekijää. Voi ressukkaa, Helen ajatteli.
- Matthew -, aloitti sosiaalityöntekijä ja kumartui hänkin pojan tasolle.
- Saat nyt jäädä tänne Helen-tädin luokse. Huomenna tulen katsomaan, miten pärjäätte. Okei?
Nainen ei jäänyt odottamaan pojan vastausta (todennäköisesti hän tiesi, ettei sellaista tulisikaan), vaan suoristi selkänsä ja lähti kävelemään kohti odottavaa autoa.
- Soittelen huomenna ennen kuin tulen. Jos kaikki sujuu hyvin,

tuon paperit mukanani, niin saatte allekirjoittaa ne.

Helen nosti kätensä vastaukseksi ja veti Matthew'n lähelleen.

- Sitten mennään sisälle. Saat tavata mieheni ja toisen pienen pojan. Alex on sinua vuoden vanhempi. Hän on asunut meillä jo pidemmän aikaa. Hän ilahtui tosissaan, kun kuuli sinusta.

Helen hymyili rohkaisevasti ja johdatti Matthew'ta kohti tämän uutta kotia.

*

- Eikö poika puhu lainkaan?

Helenin mies Tom katsoi sanomalehden takaa pihalla leikkiviä poikia. Alex oli saanut tehtäväkseen viedä Matthew pihalle, tutustuttaa hänet naapuruston muihin lapsiin. Kunhan pojat ystävystyisivät kunnolla, tuntuisi tilanne helpommalta myös Matthew'sta, Helen ajatteli.

- Anna olla, Tom. Hän puhuu sitten, kun on valmis.

Helen yritti kuulostaa huolettomalta, mutta sisimmässään hän ei ollut asiasta niin varma. Matthew oli asunut heillä jo kolmisen viikkoa, mutta vielä hän ei ollut sanonut sanaakaan. Paitsi unissaan. Öisin hän itki äitinsä perään, mutta Helen oli varma, että sekin olisi ohimenevää. Muutenhan kaikki oli sujunut todella hyvin. Poika söi hyvin, hän viihtyi selkeästi vanhemman pojan seurassa, vaikkei sanonutkaan mitään. Hän kulki tämän perässä puristaen kädessään olevaa nallea, mutta vielä poikien välillä ei ollut mitään kunnon vuorovaikutusta. Helen oli kuitenkin varma, että Matthew koki jonkinlaista turvaa Alexin seurassa.

Matthew'n äiti ei ollut soittanut kertaakaan, ja se huolestutti Heleniä. Sosiaalitoimistolta oltiin kuitenkin vakuutettu, että pojan äiti oli toipumassa, ja että hän varmasti pian löytäisi voimia ottaa yhteyttä. Helen toivoi sen tapahtuvan nopeasti, sillä kyllähän kuka tahansa pieni poika ikävöisi äitiään vastaavanlaisessa tilanteessa. Toki Matthew saisi olla heillä niin kauan kuin oli tarvetta, mutta silti oli sydäntä särkevää katsoa tilannetta läheltä. Koska Helen ei halunnut antaa pojan luulla, että hänen äitinsä oli hänet hylännyt, valehteli hän joinain päivinä, että pojan äiti oli kysellyt tämän kuulumisia ja lähettänyt terveisiä. Aluksi Matthew oli näyttänyt ilahtuvan uutisista, mutta vähitellen sekin ilo vaikutti sammuvan. Tästä syystä Helen risti joka ilta nukkumaan mennessään kätensä ja rukoili, että pojan äiti pian pääsisi jaloilleen.

Kun Matthew oli ollut heillä kuusi kuukautta, Helen päätti pyytää kahdenkeskistä tapaamista tämän äidin kanssa. Sosiaalitoimisto lupasi järjestää asian. Helen halusi jutella naisen kanssa, jotta voisi kysellä hänen vointiaan, mutta myös kertoakseen Matthew'sta ja rohkaistakseen naista tulemaan tapaamaan poikaansa. Matthew'sta alkoi jo huomata, että hän oli asumistilanteen kanssa sinut, hän sai jopa toisinaan suunsa auki, mikä Helenin mielestä oli upea edistysaskel. Sinä päivänä, kun sosiaalitoimisto oli järjestänyt heille tapaamisen, jätti Matthew'n äiti kuitenkin saapumatta. Helen oli odotellut sosiaalitoimistolla ainakin jo puolisen tuntia, kun yhden toimistohuoneen ovi aukesi ja Matthew'n äidin yhteyshenkilö astui ulos päätään pudistellen.

- Olen pahoillani, Veronika ei tule tänään. Hän ei voi hyvin.

Helenin pettymys oli ilmeinen.

- Hän on vielä langan päässä, jos haluat vaihtaa pari sanaa puhelimessa. Mutta pidä keskustelu lyhyenä – hän kuulostaa todella uupuneelta.

Helen nousi paikaltaan ja puristi sosiaalityöntekijän kättä kiitokseksi ennen kuin muutamin pitkin askelin loikki tämän toimistohuoneeseen.

Hän selvitteli kurkkuaan ennen kuin nosti luurin.

- Veronika, tässä Helen. Puhu minulle.

Sinä iltana Helen purskahti itkuun miehensä edessä. Pojat olivat jo nukkumassa ja Helen oli jälleen kertonut Matthew'lle Veronikan terveiset. Tällä kertaa hänen ei ollut tarvinnut valehdella, mutta tilanne tuntui silti epätoivoiselta.

- Tom, en tiedä, toipuuko Veronika koskaan! Hän on niin uupunut, että kuulin hädin tuskin hänen äänensä puhelimessa! Säälin Matthew'ta niin paljon! Kunpa hänellä olisi edes isänsä.

Helen pyyhki kyyneliään. Hänen sydäntään särki epäreilun tilanteen vuoksi.

- Veronikan äänestä kuulin, miten kova pala tämä on hänelle. Hän haluaisi niin pystyä huolehtimaan pojastaan, mutta tässä tilanteessa hän ei pysty huolehtimaan edes itsestään. Hän ei pysty vierailemaan täällä, koska hän kertoi useimpina päivinä olevansa niin väsynyt, ettei edes jaksa nousta harjaamaan hampaitaan. Hän ei myöskään halua, että Matthew näkee hänet siinä kunnossa, koska ei halua pelästyttää tätä. Miksi elämä on niin epäreilua?

Helen tiesi itse olevansa onnekas nainen. Hänellä oli rakastavainen ja ymmärtäväinen mies, joka osasi sulkea hänet syliinsä niin, että kaikki tuntui pian paremmalta. Levätessään kiitollisena miehensä syleilyssä Helen lausuikin mielessään uuden rukouksen. Tällä kertaa hän rukoili, että Jumala soisi Veronikalle yhtä rakastavaisen ja ymmärtäväisen miehen kuin hänellä itsellään oli. Ehkä nainen sitten jaksaisi parantua ja saada elämänsä takaisin raiteilleen. Kului alle vuosi ennen kuin Jumala päätti antaa Veronikalle juuri sen, mitä Helen hänelle oli toivonut.

Sen illan jälkeen vuodenajat vaihtuivat kuitenkin useampaan otteeseen, ennen kuin Helen kuuli Veronikasta uudelleen. Samalla Helen huomasi, miten Matthew oli alkanut vetäytyä kuoreensa entistä enemmän. Hän katosi yhä useammin omaan maailmaansa ja vaikutti yhä enemmän siltä, etteivät sen ulkopuolelle jäävät asiat edes häntä kiinnostaneet.

8

Rakas Dave

Kun elämästä viedään se tärkein sisältö,
ei jäljelle jää enää mitään muuta kuin ihmisen
kylmä ja ohut kuori.

Puhelin soi sisällä juuri sinä hetkenä, kun Dave käänsi avaimen kotiovensa lukossa. Toinen auto oli pihassa, mutta talo näytti tyhjältä ja pimeältä. Missä ihmeessä Veronika oli? Dave jätti avaimensa eteisen pöydälle Veronikan muistikirjan viereen ja antoi puhelimen soida kiertäessään itse taloa sytyttäen valoja sitä mukaa kuin eteni huoneesta toiseen. Hänen vaimoaan ei näkynyt. Keittiöön tullessa hän näki Veronikan kotiavaimet pöydällä. Niiden alla oli kirje.

- Mitä ihmettä?

Dave asetti salkkunsa lattialle ja siirsi avainnippua. Hän avasi äkkiä taitetun kirjeen. Se tuoksui Veronikalta.

Puhelin soi.

Rakas Dave.

Puhelin soi.

Rakastan sinua.

Puhelin soi edelleen. Dave tunsi, miten koko hänen kehonsa alkoi täristä hallitsemattomasti. Hän ei saanut happea. Hermostuneena hän repi kravattinsa kaulasta ja antoi sen valahtaa pöydältä lattialle. Jos tuo kirottu puhelin vielä kerran soi...! Dave ei lukenut kirjettä loppuun, vaan antoi senkin leijailla ilman halki lattialle. Hän tiesi sen sisällön. Hän tiesi, kuka soitti. Hän tiesi, että vuosia pelkäämänsä päivä oli saapunut, ja hän vihasi elämää sen takia. Dave tunsi elämän kirjaimellisesti virtaavan hänestä ulos. Sen pystyi fyysisesti tuntemaan. Se ikään kuin tihkui ihohuokosista.

Kolme tuntia myöhemmin hän oli jälleen matkalla kotiin, tällä kertaa taksilla. He olivat lähettäneet hänet taksilla poliisiasemalta, eivät olleet antaneet kävellä kahta ja puolta kilometriä. Olivat neuvoneet haukkaamaan raitista ilmaa joku toinen päivä. Poliisi oli käynyt hänen kotonaan. Pyytänyt ruumishuoneelle tunnistamaan hänen vaimokseen epäiltyä ruumista ja sitten poliisiasemalle täydentämään heidän raportteihinsa tulevia tietoja.
- Se on hän, Dave oli sanonut jo ennen kuin hän oli edes nähnyt ruumista. Se on hän, hän oli sanonut jo kotiovellaan.
Ja hän se oli, hänen vaimonsa Veronika. Hänen rakastamansa Veronika.

Dave oli tiennyt – oikeastaan yhtä kauan kuin oli Veronikan tuntenut – että jonain päivänä historia tekisi tehtävänsä ja olisi liikaa. Veronika oli ollut kuin kello, jonka kertakäyttöisten paristojen Dave tiesi loppuvan jonain päivänä. Veronika oli ollut iloinen nainen, mutta ei koskaan onnellinen. Häntä oli kuitenkin ollut niin helppo rakastaa. Dave oli kohdannut tulevan vaimonsa ensimmäistä kertaa vastaanotollaan. Veronika oli silloin väristen ja ohuella äänellä kertonut oman tarinansa, sairastumisestaan ja huolestaan pienestä pojastaan. Dave oli oitis rakastunut heiveröiseen naiseen, joka kokonsa puolesta lähestulkoon oli kadonnut muhkeaan nojatuoliin. Dave oli antanut naisen puhua ja pikkuhiljaa tämä oli rauhoittunut. Dave oli toiminut Veronikan terapeuttina vuoden verran, jonka jälkeen he olivat aloittaneet seurustelun. Ammattiauttajana Dave tiesi jo silloin, ettei Veronika ollut päässyt sinuksi kohtalonsa kanssa. Kai hän kuitenkin ajatteli, että hänen kanssaan nainen olisi turvassa. Turvassa! Miten hän olikaan ollut niin väärässä! Miten han oli saattanutkaan kuvitella voivansa pelastaa tämän naisen! Miten hän oli antanut asioiden edetä niin pitkälle? Dave ei voinut muuta kuin syyttää itseään tapahtuneesta. Hänen, jos jonkun, olisi pitänyt voida auttaa Veronikaa. Hänen toimistonsa seinällä roikkui yksi jos toinenkin kunniakirja – mitä virkaa niillä papereilla oli, jos ei todellisuudessa pystynyt pelastamaan edes omaa vaimoaan?

Dave oli jo yli vuosikymmenen ajan seurannut Veronikan sisäistä taistelua. Alkuvuosina Veronikan ikävää olivat pahentaneet jatkuvat fyysiset sairaudet, oudot oireilut, joille ei yksikään lääkäri löytänyt syytä. Veronika oli käynyt kaikilla mahdollisilla erikoislääkäreillä, mutta kaikki olivat vain lukuisten testien jälkeen levittäneet käsiään. Fyysisten oireiden perimmäinen syy saattoi olla korvien välissä, jos ei muualta kerran mitään löytynyt. Näin uskoi myös Veronika itse. Jossain vaiheessa Dave ja Veronika olivat Daven (itsekkäästä, hän oli myöhemmin itse todennut) toiveesta yrittäneet lasta, mutta eihän se ollut onnistunut. Veronikan keho oli yhtä jumissa kuin hänen mielensäkin, eikä se millään lailla ollut valmis toimimaan uuden elämän kasvualustana.

Myöhemmin, kun sairaus näytti löysäävän otettaan, hänen sydämensä huusi poikansa Matthew'n perään, mutta rohkeus tehdä päätös ja hakea poika kotiin puuttui täysin.

- Mitä jos sairastunkin taas, kuka hänestä sitten huolehtii? Veronika kysyi.

- Minä tietenkin, Dave oli silloin vastannut. Hän olisi huolehtinut heistä molemmista. Silloin hän tosiaan uskoi, että hän pystyisi pitämään heistä huolta. Mutta jokin Veronikan sisällä esti asian eteenpäin viemistä niin voimakkaalla kädellä, että kului jälleen vuosi ja toinen. Sisimmässään hän varmaankin tiesi, ettei hakisi poikaansa koskaan – jokainen kulunut päivä nosti kynnystä entisestään ja vuosien saatossa

Veronika oli antanut kynnyksen kasvaa korkeaksi seinäksi hänen ja poikansa yhteiselon väliin. Niin korkeaksi, ettei itse elämällä seinän toisella puolella sitten ollut enää merkitystä, pohti nyt Dave syvällä tunnontuskissaan.

Ammattipsykiatrinakaan Dave ei osannut auttaa kärsivää vaimoaan. Hän tunsi haluavansa, mutta mikään hänen lähes kaksi vuosikymmentä kestänyt uransa kokemus ei antanut tarpeeksi eväitä tapaukseen Veronika.

Taksin takapenkillä Dave yritti muistella viimeisiä päiviä, viikkoja. Niistä poliisiasemallakin oltiin kyselty. Käyttäytyikö vaimosi jollain lailla poikkeavasti? Tapahtuiko jotain, mihin olisit kiinnittänyt huomiosi? Dave oli pudistellut päätään. Ei, ei ollut tapahtunut mitään. Hänen vaimonsa käytös ei ollut poikennut normaalista millään lailla, hän ei ollut antanut pienintäkään vihjettä suunnitelmistaan tälle niin tavallisesti alkaneelle päivälle.
- Hän oli jopa ostanut uuden kahvimitan rikkoutuneen tilalle.

Vaikka Dave oli koko heidän yhdessäolonsa ajan pelännyt tätä hetkeä, ei hän ollut koskaan voinut kuvitella, miten tyhjäksi se hänet jättäisi. Kun elämästä viedään se tärkein sisältö, ei jäljelle jää enää mitään muuta kuin ihmisen kylmä ja ohut kuori.

9

Mies kahvilassa

*Jokainen aamu tuo mukanansa mahdollisuuden
aloittaa alusta, tehdä toisin.*

"Nainen hyppäsi kuolemaan." Etusivun otsikko sai minut voimaan pahoin. Että näin siinä sitten kävi, ajattelin. Ajattelin poikaa kahvilassa. Oliko hän nähnyt tuon otsikon? Miltä se hänestä tuntui? Toivoin näkeväni hänet uudestaan, vaikka en tiennyt miksi. Se ihminen oli niin täynnä tuskaa, että teki pahaa. Yhtä tuskainen oli näköjään hänen äitinsäkin ollut, ajattelin. Miksi hän oli riistänyt henkensä? Ja mikä sai pojan seuraamaan oman äitinsä itsemurhaa tekemättä mitään? Poika ei ollut kertonut, oliko hänen äidillään muita lapsia, ehkä hän ei edes sitä tiennyt. Vatsaani väänsi. En oikeastaan halunnut ajatella koko asiaa, mutta se pakotti itsensä mieleeni taukoamatta. Ulkona satoi edelleen kaatamalla, kuin taivas yrittäisi luoda tapahtumille mahdollisimman vaikuttavat puitteet. Vedin lenkkarit jalkaan ja painuin ovesta ulos. Sade työnsi minua eteenpäin ja juoksin niin lujaa kuin pystyin. Toisinaan helpoin tapa siirtää ajatuksensa sivuun oli juosta niitä pakoon.

Muutama viikko tapahtuneen jälkeen istuin jälleen kahvilassa, kuten olin tehnyt jo monena päivänä sillä viikolla. Poikaa en ollut nähnyt sen koommin. Pohdin usein hänen vointiaan. Istuin samassa pöydässä, missä aina käydessäni, kahvilan uloimmassa nurkassa ovelta katsottuna. Siellä sain istua rauhassa, siellä kirjoittaminen sujui, jos oli sujuakseen. Ikkunan ääressä oleva pöytä oli tyhjä. Sen sijaan seuraavassa pöydässä istui harmaatukkainen mies. Hän tuijotti teekuppiinsa ja oli näin tehnyt jo jonkin aikaa.

- Jonathan, ottaisitko lisää kahvia? Didi heilutteli kädessään olevaa pannua.

- Näytät olevan sen tarpeessa.

Hymähdin ja kieltäydyin ystävällisesti tarjouksesta. Olin muutenkin lähdössä. Didi oli kai eri mieltä, koska istahti viereeni ja nosti pannun pöydälle.

- Tuolle miehelle saattaisi kelvata, sanoin ja osoitin varovasti vanhempaa miestä.

- Enpä usko. Hän on käynyt täällä muutaman kerran, mutta teekuppiinsa hän ei ole vielä kertaakaan koskenut.

Katsoimme hetken verran miestä, jolla ilmekään ei värähtänyt. Oli vaikea kuvitella, että noinkin liikkumatta oleva hahmo jossain vaiheessa saattaisi nousta ja jopa kävellä ulos ovesta. Hän muistutti ennemminkin vahanukkea kuin elävää ihmistä.

- Ehkä voisit piristää häntä, ehdotin.

- Ehkä voisinkin, Didi vastasi ja vaikutti jäävän hetkeksi pohtimaan asiaa.

- Vaimoni hyppäsi tuolta sillalta. En voi katsoa sitä.

Nostin katseeni ja huomasin, että Didi oli vuorostaan istahtanut miehen pöytään. Miehen sanat jäivät roikkumaan ilmaan. Jos katsoi tarkkaan, saattoi nähdä niiden värisevän. Didin suu loksahti auki. Kun hän sulki sen taas sanomatta mitään, tippuivat miehen sanat pöydälle. Lusikka kilahti pöytälevyyn.

Uskomatonta, ajattelin. Tässä oli pojan äidin mies. Miten hänkin oli eksynyt samaan kahvilaan?

Didi vilkaisi minuun päin, hänen suuret silmänsä huusivat apua. Yritin omalla katseellani viestittää hänelle 'kuuntele miestä', mutta epäilin, ettei viesti mennyt perille. Toisaalta se osoittautui hetken kuluttua turhaksi, koska mies pysyi jälleen yhtä hiljaisena ja liikkumattomana kuin oli ollut ennen kuin sanat olivat päässeet karkaamaan hänen suustaan. Hän jatkoi tuijottamista teekuppiinsa.

Ilta oli kaunis ja tunsin, etten voinut lähteä kahvilasta kotiin. Minun oli kuitenkin päästävä ulos. Ajatukseni sinkoilivat joka suuntaan, en saanut kunnolla kiinni yhdestäkään. Tunsin, että jotain outoa oli tapahtumassa, en vain tiennyt mitä. Päällimmäisenä mielessäni oli suuri kysymysmerkki. Miksi kaikki tämä tapahtui silmieni edessä? Tuntui siltä, että koska tahansa jokin ohjelmatuottaja hyppäisi eteeni ja ilmoittaisi tämän olevan piilokameraa. Nousin pöydästäni, nyökkäsin Didille ja lähdin ulos. Jalat veivät isoisäni haudalle, eikä se ollut yllätys. Löysin usein itseni Alfredin seurasta, kun jokin vaivasi mieltäni.

Miksi todistimme yhtäkkiä meille tuntemattoman perheen dramaattista kohtaloa?

- Mies halusi apua, miksi hän olisi muuten sanonut ylipäätään mitään? kyselin Alfredilta.

Alfred ei tapansa mukaan enää vastannut ääneen, mutta minusta oli hyvin vapauttavaa keskustella hänen kanssaan siitä huolimatta.

- Ja miksi hän tulee istumaan kahvilaan, josta näkee sillan, jos hän ei pysty sitä katsomaan?

En onnistunut täysin ymmärtämään tätä yhtälöä.

- Miksi hän tulee kerta toisen jälkeen?

Kuten aina keskustellessani poismenneen isoisäni kanssa, yritin miettiä, mitä Alfred olisi sanonut, jos olisi voinut osallistua. Selvää oli Alfredin mielestä se, että mies haki apua kahvilasta. Mutta kenen oli tarkoitus auttaa häntä? Ehkä hän vain halusi olla lähellä sitä paikkaa, jossa hänen vaimonsa viimeisen kerran oli elossa? Ehkä hän yritti ymmärtää tapahtunutta tulemalla sillan läheisyyteen?

- Ehkä kohtalo haluaa saattaa hänet yhteen pojan kanssa, Alfred ehdotti.

Nyökkäsin itsekseni. Niin, se ajatus oli käynyt minunkin mielessäni. Siinä tapauksessa kukaan muu ei pystyisi häntä auttamaan, siinä tapauksessa olisi odotettava poikaa ja toivottava, että hän päätyisi keskustelemaan miehen kanssa.

- Siihen en pysty millään lailla vaikuttamaan, totesin Alfredille hieman pettyneenä ja toivotin hänelle hyvää yötä.

Muistelin kotimatkallani jälleen isoisäni oppeja. Parasta elämässä on se, tapasi Alfred aikoinaan sanoa, että jokainen aamu tuo mukanansa mahdollisuuden aloittaa alusta, tehdä toisin.

- Se on yksi elämän monista lahjoista, hän sanoi.

Minä olin usein pienenä poikana ollut kuulemastani hyvin helpottunut. Juuri tätä samaa sanomaa olin yrittänyt välittää myös pojalle kahvilassa sinä päivänä, kun hänen äitinsä hyppäsi sillalta. Mitä tahansa menneisyys pitää sisällään, meillä kaikilla on mahdollisuus muuttaa tapamme toimia, ajatuksemme, elämämme suunnan. Jokainen uusi päivä on uusi mahdollisuus. Jokainen aamu mahdollistaa uudenlaisen päivän. Toivoin hartaasti, että poika oli ymmärtänyt sanomani. Toivoin myös, että hänen äitinsä leskimies löytäisi omalle elämälleen uutta aihetta valoon.

Toisaalta tiesin myös, että elämä ei pelkästään tarjonnut mahdollisuuksia uusien päivien muodossa, vaan se saattoi tiputtaa ihmisen nenän eteen asioita, jotka vaativat nopeita päätöksiä, ratkaisuja tässä ja nyt. Niinä hetkinä tehdyt ratkaisut saattoivatkin vaikuttaa monella tapaa ja monen ihmisen elämään jopa vuosien päässä. Ne hetket olivat tietenkin ratkaisevia tekijöitä jo pelkästään yksilön kannalta, mutta myös niiden vaikutukset levisivät kuin rengasaallot vedessä. En voinut olla huolehtimatta pojasta ja hänen reaktiostaan – tai pikemminkin hänen reaktionsa puutteesta – hänen äitinsä luopuessa elämästään. Pelkäsin, että sinä hetkenä tehty ratkaisu olisi vaikutuksiltaan valtava. Toivoin kuitenkin, että kyseisestä tragediasta voisi syntyä jotain uutta ja hyvää. Toivoin, että tapahtuma päättäisi yhden kappaleen pojan elämässä ja antaisi tilaa uudelle alulle.

10

Varas

Yksi iso, kollektiivinen 'miten röyhkeää'
jäi leijumaan ilmaan.

Minua elämä halusi kuitenkin selkeästi kasvattaa rankalla kädellä opettaen minulle kärsivällisyyttä. Kului nimittäin jälleen monta viikkoa. Olin turhautunut niin monesta eri syystä. Mikään asia ei edennyt ja minusta tuntui, etten voinut edes vaikuttaa mihinkään itse. Yritin ajatella positiivisesti, mutta kovin huonolla menestyksellä. Kävin kahvilassa lähes päivittäin, niin kuin aina ennenkin. Olin kuitenkin jumissa. Kirjani ei edistynyt eikä ajatus kulkenut. Join litrakaupalla kahvia, saisin siitä todennäköisesti vielä vatsahaavan. Sehän tästä vielä puuttuisi, ajattelin uhmakkaasti. Yritin kaikin tavoin pysyä skarppina, jäsentää ajatuksiani, mutta työ ei kuitenkaan edistynyt.

- Tämä on yhtä tyhjän kanssa, mietin itsekseni. Minun pitäisi ilmoittaa kustantajalle, ettei tästä tule mitään, että lyön hanskat tiskiin, että ei olisi kannattanut kirjoittaa minun kaltaiseni tyhjäntoimittajan kanssa sopimusta. Mikä kirjailija minäkin olin kuvitellut olevani? Olin saanut yhden teoksen julkaistua,

87

mutta se ei tarkoittanut sitä, että olin alan ammattilainen. Ehkä minun olisi paras hakeutua jälleen vakiotoimittajan työhön kaupunkilehden toimitukseen. Silloin saisin ainakin valmiit aiheet käteeni eikä tarvitsisi tuskailla tyhjällä päällä. Pankkitilikin alkoi huolestuttavasti lähestyä nollaviivaa. Se, jos mikään, oli jo merkki siitä, että oli ehkä aika luopua haihattelusta ja ryhtyä oikeisiin töihin. Kuulin Alfredin nauravan. Hän hekotteli tuttua hekotustaan, piippu heilahti suupielessä. Helppohan hänen oli nauraa.

Juuri Alfredin toiveesta olin alun perinkin ryhtynyt kirjailijaksi. Olin hänen ilokseen lukenut journalistiikkaa yliopistossa. Vielä puoli vuotta sitten olin hyödyntänyt niitä taitojani vain satunnaisten kulttuuriartikkeleiden muodossa. Olin kirjoittanut elokuva- ja kirja-arvosteluita, käynyt taide-näyttelyiden avajaisissa ja yleisellä tasolla kokenut, että koulutukseni oli mennyt hukkaan enkä kaiken lisäksi keskittynyt siihen, mihin olisi pitänyt. Siksi olin ottanut vuoden palkatonta vapaata työstä aikomuksenani keskittyä vain ja ainoastaan kirjani loppuunsaattamiseen.
- Kirjoittamalla sinä voit muuttaa maailmaa, Alfred oli sanonut minulle hyväksyvästi nyökkäillen, kun oli kuullut että aloitan journalistiikan opinnot. Sinänsä hän ei nähnyt minua lehtimiehenä, kuten hän itse sen ilmaisi, vaan nimenomaan kirjailijana.
- Kirja on kuin sielun peili, ja kuva joka siitä heijastuu, on

jokaisen lukijan kohdalla omanlaisensa. Kirjoittamalla voit auttaa niin monia ihmisiä tulemaan sinuiksi itsensä kanssa, selviämään elämän antamista haasteista ja uskomaan parempaan huomiseen. Kirjoittamalla sinä voit olla lukijalle yhtä aikaa pastori, ystävä ja omatunto.

Ajatus oli tuntunut hyvältä. Halusinhan tehdä hyvää, halusinhan vaikuttaa. Nyt tilanne oli kuitenkin aivan toinen. Kustantaja odotti toista kirjaani. Ensimmäisen olin saanut julkaistua melkein liiankin helpolla. Luovan kirjoittamisen kurssin opettajani oli opintojeni ollessa loppusuoralla ehdottanut, että osallistuisin opiskelijoille suunnattuun kilpailuun, jossa haettiin käsikirjoituksia osaksi uutta nuorten kirjasarjaa. Olin osallistunut ja voittanut kustannussopimuksen – Alfred oli hieronut käsiään ja nyökkäillyt minulle hyväksyvästi. Ennen ensimmäisen kirjani ilmestymistä kirjakauppojen hyllyille oli Alfred kuitenkin kuollut, enkä pitkään ollut pystynyt kirjoittamaan sanaakaan. Vuoden jälkeen kustantaja kuitenkin lähestyi minua jälleen ja toivoi jatkoa. Ensimmäinen kirja oli ollut novellikokoelma, toisesta piti tulla täysipitkä romaani. Epäilin kovasti itseäni. Olisin halunnut täyttää kirjan sivut isoisäni viisauksilla, mutta jostain syystä en saanut ajatuksiani jäsentymään. Kaikki Alfredin opetukset tuntuivat valuvan sormieni välistä! En saanut niistä otetta enkä tiennyt, mistä olisin aloittanut.
- Tämä on yhtä tyhjän kanssa, huudahdin jo ääneen.

Didi loi minuun katseen ja hymähti, mutta ei ehtinyt sanoa mitään. Ulkona tapahtui jotain. Taas.

- Voi ei! Ei enää draamaa!

Didi pyyhkäisi kätensä essuun ja meni ovelle. Tällä kertaa myös minä nousin paikaltani ja menin katsomaan, mitä ulkona tapahtui. Kahvilan eteen oli pysähtynyt pieni joukko ihmisiä, jotka kaikki osoittivat kohti kadunkulmaa ja keskustelivat kiihkeästi jostain.

- Mitä on tapahtunut?

Nuori nainen kahvilan oven edessä katsoi minuun pikaisesti ja osoitti sitten jälleen kohti kadunkulmaa.

- Vanhempi mies oli juuri astumassa sisään kahvilaan, kun joku nuori kloppi ajoi ohi pyörällä ja kiskoi mieheltä olkalaukun! Uskomatonta, miten röyhkeää!

Naisen sanat melkein kaikuivat muiden kadulle pysähtyneiden suusta. Yksi iso, kollektiivinen 'miten röyhkeää' jäi leijumaan ilmaan.

- Se mies lähti perään, mutta eihän se pyörää kiinni voi saada, selitti toinen yhtä kiihtyneenä.

Yritimme Didin kanssa kasvattaa lisää pituutta niin, että näkisimme varkaan edes vilaukselta, mutta hän oli pyörineen päivineen jo ehtinyt kauas.

- Ei voi edes kadulla kulkea rauhassa nykyään, huokaili Didi ja palasi töihinsä.

Olin itsekin palaamassa sisälle, kun näin kahden miehen,

vanhemman ja nuoremman, odottavan liikennevaloissa tien toisella puolella. Vanhempi mies kantoi olkalaukkua kädessään. Hän jutteli innokkaasti nuoremmalle miehelle.

- Ei ole totta, sanoin itsekseni ja nauroin.

- Alfred, katso nyt tuota!

Sieluni silmin saatoin nähdä isoisäni ilmeen hänenkin oivaltaessaan, että äitinsä hylkäämä poika kulki kohti kahvilaa yhdessä äitinsä lesken kanssa.

Kyllä se kohtalo keinot keksii, mietin, ja palasin oman pöytäni ääreen. Tilasin Didiltä vielä ison kupillisen kahvia. Tästä en halunnut jäädä paitsi, eikä sitä koskaan tiennyt, kauanko pitäisi istua, ennen kuin asioiden laita kävisi kahdelle miehelle ilmi.

11

Päiväkirja

Koko elämä voidaan imaista ihmisestä hetkessä,
mutta sen palautuminen vie sitten niin paljon kauemmin.

- Veronika kirjoitti eräänlaista päiväkirjaa, Dave aloitti yllättäen eräänä päivänä istuttuaan tapansa mukaan kauan hiljaa pöydässään. Nyökkäsin vain hiljaa tarjotakseni hänelle tilaa jatkaa. Mies oli muutamia viikkoja aikaisemmin esittäytynyt minulle, mutta paljoakaan hän ei muuten ollut puhunut. Toisinaan hän oli kuitenkin avautunut vaimostaan, Veronikasta. Pojan äidistä. Valitettavan vähän hän oli tästä kertonut, mutta se oli käynyt selväksi, että hän oli rakastanut Veronikaa valtavan paljon. Se, että hän puhui kahvilassa ollessaan oli kuitenkin harvinaista, joten nyökkäsin jälleen hänelle merkiksi, että kuuntelen, ja siirryin hänen pöytäänsä.
- Päiväkirja tuli minullekin yllätyksenä. Löysin sen käydessäni läpi hänen tavaroitaan. Hän kirjoitti kirjeitä sijaiskodissa asuvalle pojalleen. Yhden joka päivä. Yhteensä niitä on useampi tuhat.

Mietipä tuota, Alfred! ajattelin. Poika oli luullut äitinsä hylänneen hänet. Sen sijaan hän oli täyttänyt Veronikan

93

ajatukset joka päivä.

- Eikö hän koskaan millään muulla tavalla ottanut poikaansa yhteyttä?

Dave pudisti hiljaa päätään. Hän oli siirtänyt katseensa koskemattomaan teekuppiinsa, mutta hänen tuskansa oli kuitenkin ilmeinen.

- Minä kehotin häntä tekemään niin monta kertaa – pelkästään jo sen vuoksi, että uskoin sen auttavan hänen eheytymistään – mutta ei Veronika uskaltanut. Hän pelkäsi kai, että se aiheuttaisi Matthew'lle suurempaa tuskaa kuin iloa. Hän ei halunnut enää aiheuttaa sellaista tuskaa, hän ei halunnut sekoittaa poikansa elämää entisestään.

Dave piti edelleen katseensa tiukasti kupissaan. Tee oli jäähtynyt jo kauan aikaa sitten, eikä hän sitä ollut aikonutkaan juoda. Silti hän sulki otteensa kupin ympärille kuin olisi lämmitellyt siinä käsiään.

- Tiedätkö, Jonathan, sairaus voi muuttaa ihmistä paljon – hyvässä ja pahassa. Olen nähnyt sen tapahtuvan monta kertaa.

Dave oli maininnut toimineensa koko uransa psykiatrina. Ymmärsin hänen nyt olleen vaimonsa kuolemasta saakka poissa töistä.

- Veronika muuttui itsenäisestä ja tarmokkaasta naisesta pelokkaaksi ja hauraaksi – jollain oudolla tavalla kai minä juuri siksi häneen rakastuinkin. Halusin pelastaa hänet, halusin palauttaa sen rohkeuden, joka hänessä ilmiselvästi oli aikaisemmin ollut. Epäonnistuin. Epäonnistuin todellakin.

Dave käänsi katseensa pois ja hiljeni hetkeksi, enkä minäkään tiennyt, mitä sanoa. Dave oli mahtava mies, sen saattoi kuka tahansa nähdä. Hän olisi antanut mitä tahansa vastineeksi vaimonsa onnesta. Ihailin Daven osoittamaa uhrautuvaa rakkautta, sellaista, josta kaikki itsekkyys oli kaukana, sellaista, jonka ainoa päämäärä oli varjella rakastamansa ihmisen onnea. Se päämäärä jäi nyt toteutumatta. Mahtoi olla kova paikka ammattiauttajalle.

Miehen ajatukset olivat jälleen palautuneet vaimonsa poikaan.
- Minä selvitin jo aikoinaan sen, missä hän asui. Kävin muutamia kertoja ajelemassa silläpäin. Luulin jopa nähneeni hänet. Mutta siitä alkaa jo olla monta vuotta.
- Kerroitko siitä vaimollesi? Miltä poika vaikutti? Oliko hän onnellinen?
En saisi vastauksia kysymyksiini tällä kertaa. Dave oli palannut siihen tilaan, joka oli käynyt meille kaikille jo hyvin tutuksi.

Seuraavana päivänä, kun jälleen saavuin paikalle kirjoittamaan – tai lähinnä tuijottamaan tyhjää ruutua – arvasin jo tullessani, etten jälleenkään saisi näppäiltyä sanaakaan. Ikkunan läpi näin Daven ja Matthew'n istuvan samassa pöydässä. Kohotin katseeni kohti taivasta kuin varmistaakseni, että Alfred oli mukana. Astuin sisään ja tervehdin ensin Didiä ja sitten ikkunapöydässä istuvia miehiä. He eivät minua noteeranneet, heillä oli keskustelu kesken – jos sitä keskusteluksi voi sanoa, kun toinen puhuu, ja toinen hädin tuskin nostaa katseensa.

He olivat outo pari siinä pienen pöydän ääressä. Kuin toistensa täydelliset vastakohdat – Dave jollain lailla niin avoimena, poika niin uskomattoman sulkeutuneena, vaikkakin jollain tasolla ehkä enempi läsnä kuin silloin, kun näin hänet ensimmäisen kerran.

Poika katsoi pöydällä lepääviä käsiään. Hän nosti hitaasti katseensa ja katsoi häntä vastapäätä istuvaa miestä.
- Olen pahoillani.
Pari myötätunnon sanaa vaativat tältä pojalta paljon, se oli sanomattakin selvä.
Daven katse jähmettyi hetkeksi, kuin olisi tuijottanut jonnekin menneisyyteen, mutta sitten hän katsoi jälleen poikaa, Veronikan ainokaista, jolle hän juuri oli kertonut menettäneensä vaimonsa.
- Kiitos. Päivä kerrallaan, päivä kerrallaan.
Hetken verran he istuivat vain hiljaa. Minäkään en uskaltanut sekoittaa kahviani, pelkäsin kilinän häiritsevän tätä tärkeää hetkeä.
- Voisi kai sanoa, että elämä palautuu minuun hitaasti, Dave sanoi sitten.

Poika nyökkäili hitaasti, mutta ei sanonut mitään.

- Se on kumma juttu, Dave jatkoi, että koko elämä voidaan imaista ihmisestä hetkessä, mutta sen palautuminen vie sitten niin paljon kauemmin.

Tarkkailin kahta miestä läppärini takaa. Jollain lailla olin jo nyt nähnyt jonkinlaisen muutoksen pojassa. Hän ei suhtautunut aivan niin epäilevästi kaikkiin kuin hän oli tehnyt päivänä, jolloin hänet tapasin ensimmäisen kerran. Hän ei ollut aivan *niin* sulkeutunut, vaikkakaan ei paljon puhunut. En ollut aivan varma siitä, mikä oli saanut muutoksen aikaan. Tiesin vain, että hän nyt rohkeni katsomaan silmiin – joskin vain vaivihkaa. Vaikutti siltä, että hän jollain lailla uskalsi kohdata myös itsensä. Jokin lukko oli auennut, ja se oli tuonut mukanansa suuren helpotuksen. Varmasti teki pojalle hyvää se, että hän sai välillä keskittyä jonkun muun ihmisen elämään, jopa menetykseen. Ehkä hän saattaisi näin asettaa oman elämänsä tapahtumat uuteen valoon, ehkä hän jopa jossain vaiheessa saattaisi luopua tuskastaan ja elää, mietin. Toivoin sitä kovasti sen tarkemmin ymmärtämättä miksi.

*

Saman naisen menettäneet miehet jatkoivatkin tapaamisiaan kahvilassa. Koska en malttanut odottaa, mihin tapaamiset johtaisivat, en juurikaan pystynyt keskittymään kirjoittamiseen – se oli ehdottomasti huono asia. Toisaalta elin kuin keskellä jännitysnäytelmää, jossa yleisö saattoi tietää enemmän kuin näytelmän päähenkilöt. Minun oli pakko seurata miesten keskustelua ja asioiden etenemistä.

Eräänä päivänä, kun jälleen olin saapunut kahvilaan valmiina uuteen kyttäyssessioon, näin Daven astuvan sisään olkalaukku olallaan, kuten aina ennenkin. Hän tilasi teensä ja kaivoi laukustaan esiin paksun, nahkakantisen kirjan. Tiesin jo ensisilmäyksellä, mitä kirja sisälsi. Kuinka pääsisinkään vilkaisemaan Veronikan kirjeitä! Poika saapui paikalle puoli tuntia myöhemmin. En ollut tuntea häntä, kun hän astui sisälle. Hän nosti varovasti kätensä minulle ja meni sitten suoraan Daven luokse. Tämä istui vakiopöydässään ikkunan ääressä.
- Kappas, poika on käynyt parturissa, Dave totesi iloisesti. Poika sipaisi nolostuneen näköisenä uusia hiuksiaan. Hän oli todella erinäköinen kuin aikaisemmin, pohdin omalta paikaltani. Miten ihminen voikaan muuttua niin paljon muutamassa kuukaudessa.
- Minulla on mukanani vaimoni päiväkirja, jos haluat joskus lukea sitä. Ennen ensitapaamistamme hänen poikansa sijoitettiin sijaiskotiin, Dave kertoi nyt hiljaisemmalla, hieman murtuneella äänellä. Asia painoi häntä selkeästi.

- Ajattelin, että sinä ehkä haluat lukea hänen ajatuksiaan, jos se vaikka antaisi omalle lapsuudellesi uutta näkökulmaa.

Minä hätkähdin omassa nurkkapöydässäni, olin siinä samassa kaataa kahvikuppini. Niskakarvani nousivat pystyyn. Nousin nopeasti paikaltani ja hain tiskiltä sokeria saadakseni mahdollisuuden kysyä asiaa Didiltä.

- Mitä? Kuulitko tuon? Äänensävyni oli hermostunut, lähes syyttävä.

Didi nyökkäsi ja siitä merkistä minä jatkoin hätäisesti.

- Onko poika kertonut Davelle äidistään?

Jos näin oli, ei voinut kestää enää kauan, ennen kuin asioiden laita paljastuisi kummallekin.

- He kävivät täällä toistamiseen viime viikolla. Sinä et tainnutkaan olla täällä silloin, kun poika kertoi, että hän oli viettänyt lapsuutensa sijaiskodissa.

- Tietääkö Dave, että pojan äiti on Veronika?

Sähisin kuin kissa reviirille tunkeutuvalle, mutta minua harmitti uskomattoman paljon, etten ollut ollut paikalla todistamassa näinkin tärkeää käännettä seuraamassani tarinassa. Todennäköisesti kuulostin turhankin hermostuneelta, koska Didi katsoi minua kuin ei ymmärtäisi, mistä nyt moinen huonotuulisuus johtui.

- En ole varma, en usko.

- Tämä kaikki on liian uskomatonta ollakseen totta, kuiskasin vielä ärsyyntyneenä ja palasin paikalleni. Miten saattoi olla, että näinkin tärkeä pala tapahtumaketjua oli mennyt minulta ohi! Poika selailikin jo äitinsä päiväkirjaa. Hän ei sanonut mitään, seurasi vain siellä täällä sormenpäällään käsin kirjoitettuja rivejä.

Itse olin jo syönyt lounaan ja jopa uskaltautunut kirjoittamaan pari liuskaa tekstiä. Dave oli istunut hiljaa runsaan tunnin verran kuin meditoiden. Hän oli antanut pojan lukea rauhassa. Miten uskomattoman kärsivällinen mies tämä Dave olikaan.
Poika sulki päiväkirjan ja ojensi sen Davelle.
- Vaimosi vaikuttaa hyväsydämiseltä ihmiseltä.
- Sitä hän oli.
Pitkä hiljaisuus. Sitten poika jatkoi vielä.
- Lukisin mielelläni näitä vielä lisää, jos vain saan? Jotenkin tuntuu siltä, että tällainen tarina ei voisi olla totta, että kukaan ei voisi rakastaa lastaan niin paljon, jos kerran on siitä kerran luopunut. En ole itse koskaan ajatellut, että minun äitini edelleen rakastaisi minua sen jälkeen, mitä hän teki.
Matt puhui niin hiljaisella äänellä, että jouduin oikein pinnistelemään kuullakseni hänen sanansa. Samalla jouduin kuitenkin itse omalla tarkkailupaikallani tosissani tekemään töitä, etten intoutuneena huutaisi ääneen. Pojan kehitys oli päässyt ennennäkemättömään vauhtiin! Mielessäni heitin ylävitoset Alfredin kanssa.

Dave asetti sydämellisesti kätensä Mattin kädelle (ja Matt

luonnollisesti veti omansa pois alta) ja työnsi kirjan takaisin pojalle.

- Lainaa sinä sitä niin pitkäksi aikaa kuin haluat, poikaseni. Minä olen sen lukenut. Palautat sen sitten, kun olet valmis.

Seurasi kiusallinen hiljaisuus. Matt oli ollut sosiaalinen jo monen viikon edestä. Häneltä kai oli turha odottaa enää mitään. Hän piti päiväkirjaa sylissään irrottamatta siitä katsettaan. Kuin olisi palannut tuttuun, muusta maailmasta irralliseen tilaansa. Dave kumartui kuitenkin pöydän ylle niin lähelle poikaa kuin pääsi. Hänen katseensa oli yllättävän lempeä, kuin olisi tuntenut vastapäätä istuvan henkilön paremminkin. Hän oli jälleen tarttumassa Mattia kädestä, mutta jäi hetkeksi epäröimään ja veti sittenkin oman kätensä pois. Jouduin kuuntelemaan kaikilla aisteillani ymmärtääkseni hänen kuiskauksensa.

- Matt. Se ei tee sinusta huonompaa ihmistä. Sinä olet yhä se sama pikkupoika, jota äitisi rakasti. Vuodet ovat kuluneet, mutta mikään muu ei ole muuttunut.

Hiljaisuus toisti itseään ja jätti Daven sanat värähtelemään ilmaan, jonka jälkeen ne hiljalleen ja yksitellen valuivat pöydälle. Eikä kestänyt hetkeäkään, niin Didi tuli jo rätin kanssa ja pyyhki ne pois.

12

Matt

Olen tässä.

Monta viikkoa myöhemmin onnistuin istuutumaan pojan kanssa samaan pöytään kahvilassa. Tällä kertaa hän oli heti alkuun ojentanut minulle kätensä.

- Olen muuten Matt. En tainnut esitellä itseäni silloin, kun viimeksi juttelimme.

Tartuin hänen käteensä ja puristin sitä lämmöllä. Jos Matt vain tietäisi, miten paljon paremmin olinkaan hänestä perillä, mutta toki oli mukavaa viimein virallisesti esittäytyä. Juteltuani hänelle hetken pyysin häntä kanssani kävelylle. Päätimme (tai itse asiassa minä sen päätin, Matt näytti kuitenkin seuraavan minua, joten sinänsä kai me päätimme sen yhdessä) suunnata kohti hautausmaata. Taivas oli kirkas.

- Miten olet voinut, kysyin, kun olimme päässeet keskustan ulkopuolelle. Heti perään pohdin, oliko kysymykseni liian korni.

Tapansa mukaan pojalla ei ilme värähtänyt. Hän noukki tien reunasta liikenteestä pölyttyneen heinän ja pureskeli sitä. Ei hänellä ollut minkäänlaista kiirettä vastata minulle. Muutaman minuutin hiljaisuuden jälkeen olin jo päätellyt, ettei hän sitä tekisikään.

- Kai ihan hyvin, hän kuitenkin vastasi, kun olin jo luopunut toivosta. Kuljimme molemmat hiljaa hetken, ennen kuin hän jatkoi.

- En tiedä, haluatko kuulla näitä asioita...?

Kohotin vain kulmiani hänelle osoittaakseni, että tietenkin kuuntelisin häntä asiassa kuin asiassa. Mattin seurassa sanat olivat niin paljon arvokkaampia, kun niitä käytti säästeliäästi.

- Olen miettinyt asioita paljon viime aikoina.

(Tauko.)

- Minua on häirinnyt yksi ajatus.

(Vielä pidempi tauko.)

- Se ei millään lähde mielestäni.

En sanonut mitään. Matt vaikutti etenevän puheissaan niin hitaasti ja harkiten, etten halunnut estää häntä puhumalla itse. Mielestäni hän kuitenkin *näytti* voivan paremmin, jotenkin hän oli läsnä aivan eri tavalla kuin silloin, kun olin hänet ensimmäistä kertaa tavannut. Hänessä oli nyt jotain inhimillistä, oli vaikea tarkalleen sanoa, mitä se oli. Herkkyyttä, ehkä? Ehkä jopa hitusen verran tunneälyä? En mennyt niin pitkälle, että olisin sanonut sitä empatiaksi. Joka tapauksessa hänestä aisti nyt sen, että hän tiedosti olevansa vuorovaikutuksessa kanssani – sitä en olisi voinut sanoa ensimmäisestä tapaamisestamme. Enää hän ei ollut tyhjä kuori, vaan hengittävä – mahdollisesti jopa tunteva - ihminen.

Kohotin katseeni kohti taivasta. Olikohan Alfred huomannut saman? Alfrediin kääntyisi pian Mattinkin puhe.

- Kun tulit silloin istumaan pöytääni kahvilassa, olit ensimmäinen, joka oli ottanut minuun minkäänlaista kontaktia todella pitkään aikaan.

Matt piti jälleen pitkän tauon.

- Vuosiin.

Hämmästyin hänen sanojaan ja katsoin häntä. Vaikka asia kuulosti kaikin puolin järkyttävältä, saattoi se kaikesta päätellen jopa olla totta. Jos näin oli, ei ollut lainkaan outoa, jos Matt ei osannut toimia sosiaalisessa tilanteessa kaikkien normien mukaisesti. Sen sijaan oli ihme, että hän nyt ylipäätänsä puhui minulle kokonaisia lauseita.

Mattin ilme ei edelleenkään paljastanut minkäänlaisia tuntemuksia, mutta hän jatkoi.

- Olin jo monta vuotta epäillyt omaa olemassaoloani.

Hän vilkaisi minua vaivihkaa. Minä kyllä tiedostin hänen olemassaolonsa kaikilla aisteillani.

- Sano, jos tämä kuulostaa naurettavalta, mutta kukaan ei ollut minua huomioinut millään lailla. Itse asiassa luulin, etten edes välittänyt siitä, huomasiko minut joku vai ei. Luulin, että muut ihmiset eivät minua kiinnostaneet. Se, että sinä katsoit *minua* etkä ohitseni, se vaikutti kuitenkin minuun jotenkin oudolla tavalla.

Matt veti henkeä. Olikohan hän puhunut näin paljon koskaan?

- Ensin suutuin, ajattelin, että olet hullu kun tuijotat. Tunsin kuitenkin samalla itseni jälleen ihmiseksi, nähdyksi. Tiedätkö? Jotenkin hyväksytyksi muiden ihmisten joukossa. Minä! Kuin kuka tahansa! Se oli minulle aivan uutta. Ymmärrätkö, mitä tarkoitan?

Nyökkäsin harkitsevasti vastaukseksi, vaikka en täysin ollut varma, mitä hän tarkoitti. En tiennyt, mistä kaikki sanat pulppusivat. Olin iloinen siitä, että hän puhui juuri minulle, mutta samalla kai pelkäsin, että hän pian taas sulkeutuisi eikä sanoisi enää mitään.

- Olin joskus aivan tavallinen.

Sanat tulivat Mattin suusta surullisen kuuloisina. En osannut sanoa mitään. Mietin, olikohan minusta mitään hyötyä tässä keskustelussa.

- Jää, kuulin Alfredin sanovan.

Totta kai jäisin. Mihin minä tästä yhtäkkiä lähtisin?

- Muistatko, miten kerroit minulle silloin isoisästäsi ja hänen ajatuksistaan ja siitä, miten jokainen voi vain tehdä parhaansa? Minä nyökkäsin jälleen ja Matt hiljeni pitkäksi aikaa. Olimme saapuneet Alfredin haudalle ja istahdimme penkille. Matt heitti loppuun pureskellun heinän suustaan ja nojautui eteenpäin. Hän ei enää kiirehtinyt sanojaan, ja minä toivoin kovasti hiljaisuuden rikkoutuvan. Rauhoitin oman mieleni ja päätin olla kärsivällinen.

- Minä en sitä tehnyt.

- Mitä? kysyin.

En ymmärtänyt lyhyttä lausetta. Se kuulosti jollain tavalla pelottavalta. En tiennyt, oliko se tunnustus vain puolustus-puheenvuoro.

- En tehnyt parhaani, Matt jatkoi.

- En tehnyt mitään.

(Hiljaisuus.)

- Sanoit silloin, ettei menneisyyttään voi muuttaa. Minä toivon kuitenkin nyt, että saisin yhden asian muutettua, että saisin jälleen mahdollisuuden tehdä parhaani.

*

Katsoin poikaa kysyvästi. Hänen katseensa oli tiukasti kiinni isoisäni hautakivessä, en saanut taaskaan selvää hänen ajatustensa laadusta. Sanoiko hän minkä sanoi surullisena vai katuvaisena? Hänen äänensä ei sitä paljastanut. Katuiko hän sitä, ettei ollut estänyt äitinsä itsemurhaa? Se olisi kova paikka kenelle tahansa. Ajatus tuntui raskaalta. Nyökkäsin kuitenkin jälleen rohkaisevasti.

- Odotin kaikki nämä vuodet sitä, että äitini tulisi minua hakemaan, mutta itse en tehnyt asialle koskaan mitään. En mitään! En edes silloin, kun olin kasvanut sen ikäiseksi, että olisin hyvin voinut jotain tehdä. Olisin edes voinut soittaa hänelle tai lähettää hänelle kirjeen. Jotain, joka olisi kertonut että olen tässä. Olen tässä.

Matt sulki silmänsä.

- Olen tässä.

Rukoilin apua pojalle. Jumalalta, Alfredilta. Kaikilta, jotka saattoivat hänet nähdä ja kuulla. Itse en osannut tehdä muuta kuin katsoa häntä, osoittaa, että minä näen hänet, minä kuulen. Sanoin sen hänelle.

- Näen sinut.

En saanut vastausta. Matt oli kuin omassa maailmassaan.

- Olen kaksikymmentä vuotta, pian kaksikymmentäyksi. Jos olisin nähnyt ohi oman katkeruuteni, olisin voinut ottaa äitiini yhteyttä jo kauan aikaa sitten, olisin sillä saattanut muuttaa kaiken. Äitini olisi voinut elää vielä, jos minä vain olisin ymmärtänyt oman osani tässä yhtälössä. Olisin aivan hyvin voinut käydä hänen luonaan.

Matt ei katsonut minuun, vaan painoi päänsä yhä alemmas. Minut valtasi jostain kumman syystä ylpeyden tunne. Hetki oli sävyltään tumma ja raskas, ja vaikka hän monella tapaa oli minulle yhtä tuntematon kuin sinä päivänä, kun näin hänet ensimmäisen kerran kahvilassa, havahduin yllättäen hänen henkiseen kasvuunsa. Oli mahtavaa saada olla todistamassa tällaista muutosta. Mietin, olisiko se ollut mahdollista ilman sitä karua polkua, jolle elämä oli hänet pakottanut? Minun teki heti mieli tehdä muistiinpanoja, ettei tämä tunne unohtuisi. Jouduin ponnistelemaan, etten hymyilisi omalle sisäiselle Heureka-hetkelleni, koska tässä tilanteessa hymy olisi todella huonosti ajoitettu.

- Olen viime viikkoina miettinyt, miksi en itse koskaan ottanut häneen yhteyttä ja sitä, olisiko hän sitä toivonut.
Matt nosti viimein katseensa minuun ja näin kyyneleet hänen silmissään.
- Tiesin tasan tarkkaan, missä hän asui, miten hän liikkui. Näin häntä usein, koska hakeuduin sellaisiin paikkoihin, joista pystyin tarkkailemaan häntä. Olen pohtinut sitä, odottikohan hän minua yhtä paljon kuin minä häntä? Oliko hän yhtä pettynyt minuun kuin minä olin häneen vai olisiko hän ilahtunut, jos olisi tiennyt, miten lähellä minä koko ajan olin?

Olen ollut niin itsekäs.

Mattin ääni hiljeni hänen painaessaan päänsä entistä alemmas.

Jokin työnsi minua kohti poikaa ja suljin hänet syliini, koska en tiennyt, mitä sanoa. Hänen ilmeisen suuresta tuskastaan ja katumuksestaan huolimatta olin kuitenkin iloinen hänen puolestaan - en surullinen. Hänen tunteensa osoittivat, että hän pystyisi antamaan äidilleen anteeksi. Tiesin, että katkeruus oli väistymässä hänestä ja että tämä herääminen, nämä uudet tunteet olivat uuden elämän alku hänen osaltaan. Tunsin Alfredin tarkkailevan meitä tyytyväisenä, näin hänen piippunsa heiluvan suupielessä.

Matt lepäsi jopa yllättävän kauan syleilyssäni. Tämä nuori mies vasta harjoitteli kontaktia muihin ihmisiin, joten hänen osoittamansa luottamuksensa tuntui minusta suurelta lahjalta. Hän pyyhki kämmenselällään kyyneleensä.

- Dave antoi minun lukea hänen vaimonsa päiväkirjaa, eräänlaisia kirjeitä tämän pojalle. Se nainen rakasti poikaansa enemmän kuin kukaan muu, vaikkakin oli joutunut luopumaan hänestä. Hän rakasti tätä etäältä, mutta rakasti kuitenkin. Eikä koskaan tullut sellaista hetkeä, ettei hän olisi poikaansa ajatellut, päinvastoin tämä oli aina läsnä hänen mielessään ja sydämessään. Joka aamu hänen herätessään, joka ilta hänen nukahtaessaan. Lukiessani niitä kirjeitä minä jopa kadehdin tätä tuntematonta poikaa! Enkä koskaan ajatellut, että sellainen voisi olla mahdollista. Että minunkin äitini saattoi minua rakastaa niin, vaikka antoikin minut sijaiskotiin.

En sanonut mitään, eikä sille varmasti olisi ollut tarvettakaan. Minut oli täyttänyt käsittämättömän lämmin tunne. Elämä on ihmeellistä, ajattelin. Se työntää meitä eteenpäin omalla polullamme, vaikka emme sille osaisi hakeutuakaan. Mattille oli tapahtumassa suuria asioita. Asioita, jotka voimakkaasti muuttaisivat hänen elämänsä kulkua.

Tunsin vahvasti Alfredin läsnäolon.
- Sinä teit tämän, poikaseni, kuulin hänen sanovan puristellessaan olkapäätäni.
- Sinä uskalsit lähestyä häntä ja annoit hänelle mahdollisuuden tulla nähdyksi – vaikka hän itse oli niin sulkeutunut, niin kykenemätön kohtaamaan toista ihmistä. Sinä rakastit häntä, tuntematonta miestä, pelkästään jo siitä syystä, että hän on kanssaihmisesi. Sinä avasit hänen silmänsä, mutta ennen kaikkea hänen sydämensä. Sinä teit sen, ja olen sinusta uskomattoman ylpeä. Poikaseni, tämä saattaa olla tehtäväsi. Ehkä sinun tehtäväsi on olla avoin, rakastaa ja olla läsnä – ehkä meidän kaikkien on vain tarkoitus rakastaa ja olla läsnä.
Tuntui hyvältä kuulla Alfredin sanat. Hetken verran paistattelin siinä ylpeydentunteessa, kuin pienenä poikana konsanaan. Yllätin itsenikin sillä, miten tärkeää minulle isoisäni hyväksyntä olikaan. Vielä tässäkin vaiheessa elämää. Sen

päivän jälkeen, kun olin tavannut Mattin kahvilassa ensimmäistä kertaa, mieleeni oli monta kertaa työntynyt ajatus siitä, että olin tunkeutunut alueelle, jolla minun ei kuulunut olla. Että olin tullut liian lähelle tuntematonta ihmistä – useinhan kukaan ei halua sekaantua tuntemattoman elämään, kukaan ei halua tunkea liian lähelle. Yksityisyys ja sen varjelu on jollain lailla asia, johon ei saa koskea. Jokaisella on oikeus pitää muut loitolla, niin kamalalta kuin se kuulostaakin. Nyt kuitenkin tiesin, että ratkaisu oli ollut oikea ja että vaistomainen tunne minun tarpeellisuudesta siinä hetkessä oli ollut aito. Tästäkin syystä saatoin olla iloinen Mattissa tapahtuvasta muutoksesta. Se oli vasta aluillaan, mutta tiesin sen nyt jatkuvan ja kantavan pitkälle.

Jäin myös pohtimaan Alfredin sanoja tehtävästäni. Lapsena olin kysellyt sitä kerta toisensa jälkeen. Nyt tuntui tavallaan kutkuttavalta ajatella, että saatoin olla olemassaoloni syyn juurilla. Toisaalta tuntui myös, ettei sillä ollut enää samanlaista merkitystä kuin silloin nuorempana, kun asia tuntui jännittävältä ja salaperäiseltä. Nyt koin kuitenkin, että oli tehtäväni mikä tahansa, tulisin toteuttamaan sitä huolimatta siitä, tiesinkö mikä se oli tai en, sillä elämäni työnsi minua voimakkaasti sitä kohti. Saatoin vihdoin samaistua Alfredin rauhalliseen tapaan suhtautua omaan kohtaloonsa – se selviäisi aikanaan, jos ei minun aikanani, niin kuitenkin aikanaan. Ja ehkäpä hän oli oikeassa; ehkä meidän kaikkien tehtävä yksinkertaisesti vain oli rakastaa kanssaihmisiämme ja olla läsnä. Läsnäolo onkin niin aliarvostettua nykyään, pohdin, tiesin sen valitettavasti näkyvän kaikissa ihmissuhteissa.

- Muuta se oli silloin, kun oli vain perhe, usko ja elanto, saatoin jo kuulla Alfredin jatkavan. Hymähdin omille ajatuksilleni.

Matt herätti minut ajatuksistani.

- Miltä kuolema tuntuu, mitä luulet?

Katsoin häntä hetken pohtien asiaa hiljaa. Kuka sen tiesikään, jos ei sitä ollut kokenut, ja harva sen kokenut oli läsnä kertomassa asiasta. Kiinnitin katseeni isoisäni hautakiveen.

- En tiedä. Isoisäni uskoi, että kuolema on jotain kaunista. Että se on kuin lämmin valo, joka sulkee syliinsä ja lohduttaa. Että siinä tilanteessa, kun se koittaa, katoavat myös viimeiset rippeet kuolemanpelosta ja huolista ja jäljelle jää pelkkä rakkaus ja kiitollisuus.

Alfred oli tietenkin, tapansa mukaan, suhtautunut hyvin luottavaisesti kuolemaan. Hän luotti siihen, että kuoleman jälkeen jatkuisi elämä taivaassa. Hän luotti siihen, että kuollessaan hän saisi taas tavata kaikki rakastamansa ja häntä ennen poistuneet ihmiset.

- Toivon, että äitini sai kokea tuon, Matt totesi hiljaa.

Sitä samaa minäkin toivoin hänen äidilleen.

Tapasimme sen päivän jälkeen useasti, minä ja Matt. Otimme tavaksemme kohdata kahvikupposen ääressä kahvilassa, ja sen jälkeen rauhallisesti kiertää kaupunkia ja sen laitamia eri asioista jutustellen. Usein päädyimme isoisäni haudan ääreen ja keskustelemaan menneistä, mutta myös tulevasta. Välillä minusta tuntui, että olin lähestulkoon saanut Mattista veljen. Usein palatessani kotiin kävelyltämme saatoin miettiä, miten uskomattoman tärkeä hänestä oli tullut minulle.

Se, mikä minua kiehtoi ennen kaikkea, oli saada lähietäisyydeltä nähdä, kun ihminen kehittyy omaksi *itsekseen*. En ollut koskaan ajatellutkaan, että näinkin voisi tapahtua aikuiselle miehelle. Matt oli kuitenkin melkein kuin olisi herännyt viisitoista vuotta kestäneestä koomasta, hänen piti hitaasti rakentaa itseään, luonnettaan, sieluaan – pala palalta. Hänen oli otettava selvää, kuka oli ja miksi halusi tulla. Hän oli niin kauan onnistunut sulkemaan kaiken muun, paitsi katkeruuden elämää kohtaan, itsensä ulkopuolelle, ettei hänestä oikein koskaan ollut kasvanut oikeaa *henkilöä* mieltymyksineen ja tunteineen. Hän oli kulkenut kuin paksussa sumussa suurimman osan elämästään, ilman päämäärää, ilman tavoitteita, ilman ystäviä. Kuin sieluton robotti hän oli onnistunut selviämään koulusta ja jonkinlaisesta perheelämästäkin kuitenkaan luomatta henkilökohtaisia suhteita kehenkään.

En enää ihmetellyt, miksi olin epäillyt häntä välillä jopa narkkariksi silloin, kun kohtasin hänet ensimmäisen kerran. Hän oli ollut sisältä kuollut, vaikka hänen ihonsa alla virtasikin lämmin veri. Nyt hänestä alkoi paljastua huumorintajuinen ja empaattinen nuori mies, jonka mielessä alkoi kehittyä kuva siitä, minkälaisia unelmia hänellä saattoi olla, miten hän suhtautui elämään ja sen eri osa-alueisiin.

Aluksi minä olin puhunut hänelle omassa elämässäni tärkeistä asioista, kuten uskostani Jumalaan ja kohtaloon, Alfredista sekä kaikesta sellaisesta, joka mielestäni teki minusta sen, kuka olin. Minusta tuntui tärkeältä johdattaa hänet suurten kysymysten ääreen. Halusin tehdä hänelle saman palveluksen, minkä isoisäni oli tehnyt minulle. Halusin, että hän saisi tutustua sisimpäänsä ja nähdä sielunsa maisemat kauniissa aamunkoiton valossa.

Aika ajoin Matt alkoi myös oma-aloitteisesti pohtia asioita niin syvällisesti, että pystyi jopa haastamaan filosofioitani. Huomasin, miten yhä useammin hän löysi tekemisilleen tarkoitusperiä, miten hän näki eri merkityksiä kokemissaan asioissa ja pyrki löytämään vastauksia suurille, elämässään avoimille kysymyksille. Ensimmäinen askel oli se, että hän koki itsensä merkitykselliseksi, toinen se, että hän koki myös muiden ihmisten olevan merkityksellisiä. Joka kerta, kun hänet tapasin, päällimmäisenä mielessäni oli kiitollisuuteni siitä, että olin saanut hänestä niin hyvän ystävän. Ennen kaikkea Matt oli todiste siitä, että mikään ei ole mahdotonta ja että jokainen päivä todella tuo mukanansa mahdollisuuden tehdä toisin, jopa muuttaa elämänsä suunnan.

13

Paljastus

Hän oli tarttunut kaiteeseen ja luottanut siihen,
että se kestää.

Olin vaihtanut ajatuksia Alfredin kanssa jo tovin, kun näin Daven lähestyvän.

- Anteeksi, että minulla kesti. Piti pistäytyä kukkakaupassa tuossa matkan varrella.

Dave oli energisen näköinen, hänessä oli jollain tavalla uudenlaista päättäväisyyttä. Hän ojensi minulle punaisen ruusun kädessään olevasta isosta kimpusta.

- Ehkä isoisällesikin kelpaisi tällainen?

Otin ruusun vastaan ja asetin sen Alfredin haudalle.

- Veronika rakasti punaisia ruusuja, hän kasvatti niitä puutarhassamme. Nyt olen valitettavasti onnistunut tappamaan ne kaikki, Dave sanoi virnuillen.

- Täytyy varmasti jossain vaiheessa tehdä asialle jotain, nämä minä ostin kuitenkin kukkakaupasta.

Hymyilin hänelle. Olin iloinen siitä, että Daven elämä oli palaamassa raiteilleen.

- Vie minut Veronikan luokse, sanoin.

Veronikan hauta oli uskomattoman kaunis. Dave oli pitänyt

siitä hyvää huolta. Iso hautakivi oli valkoista marmoria. Kiven reunaa koristi kultaisin kirjaimin sanat, *Suurin niistä on rakkaus*. Dave nosti syrjään edelliskerralla tuomansa kukat ja asetti uuden kimpun niiden tilalle.

- On kummallista, miten minusta aina tuntuu täällä haudalla, että hän on läsnä - enemmän täällä kuin missään muualla. Pitänee kertoa hänelle, että olen palannut töihin.

Olimme hetken hiljaa ja annoin Daven käydä äänetöntä keskusteluaan vaimonsa kanssa. Katsoin hänen jo suoristunutta ryhtiään ja näin omin silmin muutenkin hänen olevan hyvää vauhtia toipumassa. Hän nosti katseensa ja nyökkäsi kohti lähellä olevaa penkkiä. Istuuduimme ja annoimme varovasti kesää enteilevän kevätauringon lämmittää kasvojamme. Alfred oli mukana, hän oli mietteliään näköinen.

- Kerro se hänelle, hän kuiskasi minulle ja tökkäsi minua piipunvarrellaan kylkeen.

En olisi halunnut rikkoa tätä hetkeä ja minua ärsytti Alfredin piipunvarsi kyljessäni. Tiesin kuitenkin, että tämä hetki oli yhtä hyvä tai huono kuin mikä tahansa muukaan, ja joskus se olisi tehtävä kuitenkin.

- Dave, aloitin varovasti.

Hetken pohdin, miten ilmaisisin asian, mutta sitten päätin tehdä sen ihan tuosta noin vain, suoraan ja kiertelemättä.

- Veronikan poika Matthew, hän on se poika kahvilasta. Hän on Matt.

Noin, nyt se oli sanottu. Ääneen. Kissa oli pöydällä. Odotin Daven nostavan sen syliinsä ja rapsuttavan sitä leuan alta. Hän antoi minun odottaa.

Katsoin varovasti hänen kasvojaan. Hän näytti edelleen nauttivan auringon lämmöstä silmät suljettuina. En pystynyt sanomaan, mitä hän ajatteli – vai ajatteliko lainkaan. Teki hyvää nähdä hänessä myös eräänlaista rauhaa, levollisuutta. Hän näytti siltä, että oli sinut elämänsä kanssa. Itse asiassa minusta tuntui, että tämä Dave, joka nyt oli kuoriutumassa huumorintajuiseksi ja elämäniloiseksi mieheksi, oli lähellä sitä alkuperäistä itseään. Hän näytti siltä kuin olisi noudattanut Alfredin neuvoja ja hyväksynyt menneisyyden tapahtumat ja rohkeasti kääntänyt katseensa kohti tulevaa. Hän oli tarttunut kaiteeseen ja luottanut siihen, että se kestää. Nyt näin sen hänessä hyvin selkeästi ja olin samanaikaisesti iloinen hänen puolestaan ja jopa hieman kateellinen. Näin päättäväiset miehet ja naiset sen tekivät, rohkeasti kuin isoisäni.

- Dave?
- Jonathan. Dave puhui silmät edelleen suljettuina. Lähellä olevista puista kuului linnunlaulua. Dave hymyili.
- Minä tiedän.
- Sinä tiedät? En ollut uskoa korviani.
- Kauanko olet tiennyt?
Mitä ihmettä! Miten ihmeessä Dave tiesi? Oliko hän kuitenkin

tunnistanut pojan?

- Olen tiennyt ensimmäisestä päivästä alkaen. Siitä, kun hän sai kiskottua laukkuni siltä varkaalta. Se oli kyllä taas sellainen uskomattoman mielenkiintoinen kohtalon oikku. Eräänlainen jumalallinen väliintulo, kai. Dave naurahti. Hän pudisti hymyillen mutta edelleen silmät kiinni päätään, kuin olisi jäänyt muistelemaan hauskaa episodia.

- Viimeinen Veronikan kirje oli minulle. Siinä hän pyysi, että etsisin hänen poikansa, että saisin hänet ymmärtämään, että koskaan hänen äitinsä ei lakannut rakastamasta häntä. Tiesin, että sen verran minun oli tehtävä. Minun olisi pitänyt tehdä se jo paljon aikaisemmin, minun olisi pitänyt olla se, joka olisi saattanut nämä kaksi yhteen jo vuosia sitten. Koska en sitä tehnyt, oli tämä ikään kuin viimeinen mahdollisuuteni tehdä asiat oikein.

Dave oli avannut silmänsä ja laskenut katseensa Veronikan hautakiveen.

- Rakastin Veronikaa enemmän kuin elämää, hän oli minun kaikkeni. En onnistunut pelastamaan häntä kohtaloltaan, mutta hän antoi minulle vielä mahdollisuuden pelastaa Matthew. Halusin tarttua siihen ja tehdä parhaani.

Dave hiljeni ja jatkoi jonkinlaista hiljaista keskustelua Veronikan kanssa.

Alfredin piippu heilui hänen hekotellessa vieressäni.

- Arvasin! hän kuiskasi ja pökkäsi minua jälleen kerran

leikkimielisesti piipunvarrellaan.

- Ethän arvannut, vastasin melkein suuttuneena isoisälleni.

En ollut mitenkään osannut ajatellakaan, että kaikki tämä oli ollut alusta asti tarkoin suunniteltu juttu, että en ollutkaan se ainoa, joka tunsi asioiden oikean laidan. Omaksi yllätyksekseni huomasin, että olin jopa pettynyt oman roolini pienuuteen tässä tarinassa. En tiennytkään minussa olevan sellaista itsekkyyttä. Eniten minua harmitti kuitenkin se, ettei Alfred ollut minulle mitään sanonut, jos kerran tiesi!

14

Rakastan sinua ikuisesti

Kuin hänen ääriviivansa olisivat piirtyneet uudestaan,
hän tunsi eheytyvän.

Matt sammutti tupakan ja nousi paikaltaan.

- Tämä oli sitten viimeinen tupakka minun osaltani.

Hän virnuili minulle poikamaisesti. Tiesin, ettei hän lopettaisi tupakanpolttoa, se oli hänen henkireikänsä. Oikeastaan se oli ainoa asia, joka muistutti siitä pojasta, jonka katseen olin kohdannut kahvilassa.

- Minä lähden nyt. Kiitos kahvista.

Nyökkäsin vastaukseksi ja nostin käteni. En tiennyt miksi tuntui siltä, etten näkisi häntä enää. Toivoin, ettei se olisi totta. Jollain lailla jokin ympyrä oli kuitenkin sulkeutunut ja tiesin, että toisinaan elämässä tietyt ihmissuhteet kestivät vain sen verran, mikä oli tarpeellista. Saattoihan olla, että Mattin läsnäolo elämässäni oli tullut päätökseensä. Join kuppini tyhjäksi ja avasin läppärini. Tälle päivälle oli paljon tekemistä ja ensin minun pitäisi laittaa viestiä kustantajalleni siitä, että kirjani myöhästyisi. Minulla oli uusi tarina kirjoitettavana.

*

Aurinko paistoi ja Matt nautti siitä, että tunsi sen nyt vuosien jälkeen jälleen lämmittävän kasvojaan. Hän lähti kulkemaan kohti kotiaan. Ensitöikseen hänen olisi sanottava vuokra-asuntonsa irti ja uusittava passinsa. Hän lähtisi maailmalle – tarkalleen minne, sitä hän ei vielä tiennyt. Jonnekin, jossa hän voisi löytää itsensä. Hän oli vasta oivaltanut, että vain tutustumalla toisiin ihmisiin oppisi tuntemaan myös itsensä, antamalla itsestään saisi kaksin verroin toisilta takaisin. Oivallus oli tuonut mukanansa eräänlaisen vapauden tunteen. Hän oli liian kauan sulkenut muun maailman itsensä ulkopuolelle, hän oli liian kauan pelännyt paitsi elämää, myös itseään.

Hän oli ollut näkymätön, mutta viime aikoina hän oli tuntenut palaavansa näkyväksi, pala palalta. Kuin hänen ääriviivansa olisivat piirtyneet uudestaan, hän tunsi eheytyvän. Pitkään hän oli syyttänyt muita omasta näkymättömyydestään kuitenkaan ymmärtämättä, että se, joka teki hänestä näkymättömän, olikin hän itse. Hän oli vihdoin ymmärtänyt, että jokainen on itse vastuussa omasta onnestaan - tai epäonnestaan. Oli ollut naiivia syyttää kaikkia muita ja ennen kaikkea äitiään ja lapsuuttaan hänen omasta surkeudestaan. Hänet oli kuitenkin herättänyt eloon mies, joka oli katsellut häntä sellaisella myötätunnolla, että jopa Matt oli uskaltanut kohdata tämän katseen. Tästä hän olisi Jonathanille ikuisesti kiitollinen. Hän oli myös paljon miettinyt sitä, miten Jonathan oli saanut hänet avautumaan. Jonathan oli jollain todella epäitsekkäällä tavalla lähestynyt häntä ja sillä murtanut Mattin itsensä suojaksi rakentaman muurin. Jonathanin lisäksi Matt oli myös kohdannut ihmisen, joka oli opettanut hänelle, ettei hänen äitinsä koskaan lakannut rakastamasta.

Ensimmäistä kertaa vuosiin Matt tiesi, että elämä toisi mukanansa myös hyvää. Hän uskalsi jopa luottaa siihen. Tulevaisuus tuntui nyt jollain kummallisella tavalla kutkuttavalta. Matt tiedosti, että todella moni asia oli hänessä täytynyt muuttua, kun hän edes ajatuksissaan käytti sellaista sanaa kuin *kutkuttava*. Hän odotti innolla kaikkia niitä ihmisiä, joihin hän saisi tutustua. Hän odotti myös, että saisi tehdä sovinnon itsensä kanssa. Ensitöikseen hän pistäytyisi Helenin ja Tomin luona, he ansaitsivat hänen kiitoksensa siitä, että olivat avanneet hänelle kotinsa ja antaneet hänelle turvallisen kasvuympäristön. Tämän jälkeen hän kävisi äitinsä haudalla. Ehkä hän jopa saisi Helenin liittymään seuraan. Matt tiesi, että vaikka niin paljon oli tapahtunut viimeisten kuukausien aikana, äitinsä haudalla käyminen ei olisi helppoa. Jollain tavalla se oli niin lopullista. Toisaalta hän myös tiesi, että oli siihen nyt valmis. Hän oli valmis kohtaamaan kaiken menneen vielä kerran jättääkseen sen taaksensa. Elämä oli antanut ainutlaatuisen mahdollisuuden aloittaa alusta, ja typerähän hän olisi, jos ei siihen tarttuisi. Kevyet askeleet työnsivät häntä eteenpäin juuri sillä polulla, jolla hänen oli tarkoituskin kulkea.

*

Helen ja Matt kulkivat vierekkäin kohti Veronikan hautaa.
Helen oli päälle kuusikymppiseksi hyvässä kunnossa ja pysyi
vielä hyvin jopa nuorimman ottolapsensa perässä. Helenin ja
Tomin perheeseen oli vuosien varrella kuulunut kahdeksan
lasta, tällä hetkellä heidän luonaan asusteli kaksi, juuri
yksitoista täyttänyt poika ja kuusi vuotta vanhempi tyttö. Alex
oli muuttanut pois kotoa neljä vuotta aikaisemmin, mutta kävi
usein heitä tapaamassa.

Matt ei ollut antanut kuulua itsestään sen jälkeen, kun oli
seitsemäntoistavuotiaana muuttanut pois. Helen oli kovasti
ollut vetäytyneestä pojasta huolissaan, mutta pojan oli tehtävä
omat päätöksensä ja elettävä elämänsä niiden mukaan. Sitten
yllättäen neljä vuotta myöhemmin oven takana seisoi aivan
erilainen Matt. Halatessaan häntä Helen antoi kyynelten valua
poskia pitkin. Hän ei voinut uskoa, että heidän ovelleen
ilmestynyt nuori, avoin ja terveen oloinen poika oli se sama
sulkeutunut ja välinpitämätön varjo, joka oli sieltä lähtenyt.

Helen oli miehensä kanssa kuullut Veronikan poismenosta noin
puoli vuotta aikaisemmin. He olivat nähneet kuolinilmoituksen
paikallislehdessä ja pahoitelleet tilannetta. Veronikan kuolema
oli tehnyt Mattin tilanteesta niin lopullisen. Helen oli loppuun
saakka rukoillut näiden kahden jälleennäkemistä. Nyt se oli
myöhäistä. Siksi Mattin ilmestyminen heidän oven taakse
tulikin suurena yllätyksenä. Hän kertoi aikovansa käydä äitinsä

haudalla. Pojasta oli huokunut samanlainen ikävä kuin silloin pienenä, kun hän nalle kädessään oli seurannut Heleniä uuteen kotiinsa. Matt kertoi katuvansa, ettei koskaan ottanut äitiinsä yhteyttä, vaikka olisi voinutkin. Helen tyytyi toteamaan, että tilanne oli varmasti ollut yhtä vaikea heille molemmille ja että Veronika varmasti aina oli ajatellut vain Mattin parasta. Aikaisemmin Matt ei olisi koskaan kuunnellut tuollaista, mutta nyt hän nyökkäsi hiljaa ja näytti hyväksyvänsä asian laidan. Helen lupautui mukaan hautausmaalle.

Lähestyessään hautaa Helen huomasi Mattin hermostuvan. Poika siirsi kantamaansa kukkakimppua kädestä toiseen useamman kerran ennen kuin päätti laittaa kukkapuskan kainaloonsa ja kaivaa taskustaan tupakan. Tupakan palaessa hän veti savua syvään keuhkoihin ja näytti rauhoittuvan.
- Minua jännittää kovasti. En tiedä miksi.
- Tapaat äitisi ensimmäistä kertaa moneen vuoteen.
Matt ei vastannut mitään. Hän ei ollut kertonut koko totuutta Helenille ja Tomille, hän ei halunnut järkyttää heitä.

Helen pysähtyi ja Matt huomasi heidän olevan perillä. Hänen äitinsä hauta ei itse asiassa ollut kovinkaan kaukana Jonathanin isoisän haudasta. Molemmat oli haudattu pienen kukkulan päälle, lähelle hautausmaan kappelia. Nytkin pienen kappelin kellot soivat. Matt huomasi muutaman mustiin pukeutuneen henkilön tulevan sieltä ulos. Osa heistä kantoi valkoista arkkua. Leukansa rintaan painanut pappi johti saattueen kulkua kohti hautapaikkaa. Matt heitti tupakkansa maahan ja sammutti sen kengänkärjellään. Hän olisi mielellään sytyttänyt vielä toisen tai vaikka ketjupolttanut puoli askillista. Häntä hermostutti enemmän kuin oli ounastellut. Lisäksi häntä huolestutti, että Veronika ei olisi antanut hänelle anteeksi. Häntä oksetti, hikoilutti ja pyörrytti yhtä aikaa. Hän nielaisi pelkonsa ja nosti päättäväisesti katseensa.

Iso, valkoinen hautakivi oli uskomattoman kaunis. Matt luki sen reunaa pitkin kulkevan tekstin, *Suurin niistä on rakkaus*.
- Onpa kaunis kimppu ruusuja, Helen totesi ja nyökkäsi kohti hautaa. Hän yritti kädellään rohkaista poikaa jättämään omankin kimppunsa, mutta Matt ei sitä noteerannut. Sen sijaan hän kyykistyi kiven ääreen, sulki silmänsä ja painoi otsansa valkoiseen marmoriin. Tiukastikaan kiinni puristetut silmät eivät onnistuneet estämään kyynelten karkaamista poskelle. Helen olisi tehnyt mitä tahansa, jotta Matt olisi voinut välttyä tämänlaiselta äitinsä jälleennäkemiseltä. Kului pitkä tovi ennen kuin poika avasi silmänsä. Hän asetti oman kimppunsa toisen viereen ja istahti sitten hautakiven eteen. Helen teki samoin.

- Minua on pelottanut, että äitini ei olisi antanut minulle anteeksi sitä, etten koskaan mennyt hänen luokseen.
Matt hiljeni hetkeksi.

- Jollain tavalla pelkoni ehkä on nyt väistynyt. Ehkä hän on antanut minulle anteeksi.

Helen ei nähnyt tarpeelliseksi sanoa mitään. Poika oli itse tehnyt omat johtopäätöksensä, ja niin sen piti ollakin. Tärkeintä olisi, että hän löytäisi rauhan ja pystyisi taas suuntaamaan katseensa tulevaisuuteen. Yksi surullinen kohtalo oli Helenin mielestä tarpeeksi.

Matt mittaili vielä hautakiven tekstiä. Kiven alareunaan, niin alas, että ruohokin osaksi sen peitti, oli kaiverrettu muutamia sanoja. Matt ojentui kohti kiveä toiseen käteensä nojaten, kun taas toisella pyyhkäisi ruohoa pois kiven edestä.

”Rakastan sinua ikuisesti – Dave”.

Hetken verran Matt ei saanut palapelin paloja yhdistymään mielessään. Hän katsoi ensin Heleniä, joka ilmeisen epätietoisena katsoi häntä takaisin, ja sitten taas hautakiveä.

Mattin lävitse ampaisi ensin terävä nuoli, niin täynnä suuttumusta, että se poltti häntä sisältäpäin. Hetken verran hän tunsi ääriviivojensa kalpenevan ja katkeilevan. Hänen kehonsa jokainen solu tuntui karkaavan vuotavista aukoista. Mattin mielen täytti yksi iso salaliittoteoria, jossa kaikki hänen lähelleen päästämänsä henkilöt olivat osallisia. Jopa Helen. Sitten heti perään hänet valtasi tietoisuus siitä, että hän oli lukenut oman äitinsä kirjeitä – hänelle itselleen. Se ajatus peitti poltteen ja hänet kokonaan suurella lempeydellä, rakkaudella, anteeksiannolla, lämmöllä ja lopuksi – ikävällä. Suuri ikävä sai Mattin häpeämään tuntemaansa suuttumusta. Ensimmäinen ajatus oli ollut se, että häntä oli käytetty hyväksi, että Dave oli käyttänyt tilannetta hyödykseen ja tahallaan johtanut hänet harhaan. Hyvin äkkiä tunne kuitenkin kääntyi kiitollisuudeksi. Dave oli itse asiassa tehnyt hänelle suuren palveluksen. Dave oli mahdollistanut anteeksiannon ja Matt tiesi, että ilman sitä mikään hänessä ei olisi muuttunut. Ilman Daven ilmestymistä hänen elämäänsä hän olisi edelleen ollut tyhjä kuori ilman elämää tai tulevaisuutta. Syytön oli myös Helen. Tietenkin. Ääriviivat terävöityivät jälleen.

Helen olikin siirtynyt istumaan pienen matkan päässä olevalle penkille. Matt kääntyi häntä kohti ja nosti pikaisesti kätensä kuin osoittaakseen, että kaikki oli hyvin. Helenin hymyillessä vastaukseksi heidän väliinsä laskeutui pieni lintu. Matt seurasi lintua katseellaan ja näki sen ottavan askelia häntä kohti. Oudolla tavalla linnun saapuminen tuntui voimaannuttavalta, lohdulliselta.

Mattin poistuessa hautausmaalta Helenin kättä puristaen poistui hänestä myös lopullisesti menneisyyden taakka.

15

Silvia

*Se istui siinä kuin iso lintu – jopa hanhen kokoinen –
ja tuijotti meitä molempia vuorotellen.*

Olin juuri saanut viestini muotoiltua kustantajalleni, kun Dave astui kahvilan ovesta sisään. Hänen perässään kulki nuori nainen, arvelin hänen olevan minua muutaman vuoden vanhempi. Ikä ei kuitenkaan ollut tuonut naiselle sellaista itsevarmuutta, mitä kolmekymppisissä usein saattoi nähdäkin, vaan hän vilkuili kulmiensa alta minuun päin varovasti, uskaltamatta kohdata katsettani. Dave nosti minulle kättä ja tarjosi naiselle tuolia minun pöydästäni.

- Jonathan, häiritsemmekö? Kuuntelematta vastaustani Dave oli jo siirtymässä pöydästä pois.

- Pidätkö Silvialle seuraa, minä käyn tilaamassa meille kahvit, hän huuteli.

Nyökkäsin vastaukseksi ja katsoin uteliaana pöytään istuutunutta naista. Hänen lähes sinistä hehkuva musta tukka uhkui enemmän varmuutta kuin tyttö itse, ja tumman siniset silmät hakeutuivat vaivihkaa pöytälevyyn niiden kohdattuaan katseeni vain sekunnin murto-osan verran. Hän piti vielä olkalaukkuaan sylissään, ikään kuin ei olisi vielä päättänyt, aikoiko jäädä pöytään istumaan vai ei. Painoin Enteriä ja viesti kustantajalle lähti menemään. Suljin kannettavan ja siirsin sen syrjään ennen kuin ojensin käteni ja esittäydyin. Silvia tarttui siihen ja puristi yllättävän kovaa. Pöytäämme laskeutui pitkä hiljaisuus. Se istui siinä kuin iso lintu – jopa hanhen kokoinen – ja tuijotti meitä molempia vuorotellen. Silvia vaikutti kiusaantuneelta, minua se jollain lailla huvitti.

Kun Dave vihdoin tuli kahden maitokahvin, yhden teen ja kolmen leivoksen kera pöytään, tarttui Silvia hanakasti hänen katseensa. Dave naurahti ja istahti tytön viereen ojentaen minulle mansikkaleivoksen. Hanhi avasi siipensä ja lensi pois.
- Nämä ovat herkullisia – kelpaa varmasti sinullekin.
Dave ei tapansa mukaan jäänyt odottamaan minun vastaustani.
- Jonathan, Silvia on siskontyttäreni. Hän on tullut tänne opiskelemaan taidehistoriaa ja asuu luonani nyt jonkin aikaa. Uskomatonta, että toiset jaksavat lähteä opettelemaan vielä toista ammattia! Dave pyöritteli Silvialle leikkimielisesti silmiään ja upotti lusikan omaan leivokseensa.
- Kerro Jonathanille, Silvia!
Dave antoi hampaidensa porautua leivonnaiseen ja hetkeksi hänen silmänsä kääntyivät luomien alle silkasta nautinnosta.

Silvia ei ollut vielä saanut kerättyä tarpeeksi rohkeutta, jotta olisi lähtenyt avautumaan minulle, vaan hän puri ylähuultaan ja sekoitti vaivautuneena kahviaan. Huomasin, että pidin hänen ujouttaan itse asiassa hellyttävänä. Dave taas oli aivan erityisen eloisa verrattuna siihen, minkälaisena olin tottunut hänet näkemään kuluneiden kuukausien ajan. Ja vaikkakin hän selkeästi oli viime aikoina piristynyt, en ollut koskaan aikaisemmin nähnyt häntä näin täynnä elämää. Kai seura oli tehnyt hänelle hyvää – olin siitä kovasti mielissäni. Dave oli alusta alkaen vaikuttanut todella mahtavalta tyypiltä - lämpimältä, huumorintajuiselta, rakastavalta - enkä taas voinut muuta kuin olla tyytyväinen, että elämä oli pitänyt huolen siitä, että polkumme ristesivät.

- Mukava tavata, Silvia. Taidehistoria kuulostaa mielenkiintoiselta – opiskeletko sitä yliopistolla? Jos haluat, voin joskus tulla paikallisoppaaksesi kaupungin museoihin.

16

Kirje

Pysy vahvana, sillä me kohtaamme jälleen.

Rakas Dave

Rakastan sinua.

Tämä on se päivä. Olen valmis.

Raamatussakin sanotaan "Niin pysyvät nyt usko, toivo, rakkaus, nämä kolme; mutta suurin niistä on rakkaus".

Uskoin ja toivoin niin kauan, niin monta vuotta, että lopussa kaikki kääntyisi parhain päin. Siksi yritinkin aina ajatella, että rakkaus riittää. Rakkaus sinuun, rakkautesi minuun, mutta ennen kaikkea rakkauteni poikaani kohtaan. Katumus on kuitenkin ollut minussa se vahvempi tunne jo liian monta vuotta. Eniten kadun sitä, että minusta on puuttunut rohkeus.

Sinä et minua ole koskaan sellaisena kokenut, mutta minä olin joskus rohkea nainen. Se nainen on kuitenkin ollut poissa jo pian parin vuosikymmenen ajan. Se nainen olisi kyennyt

137

kaikkiin niihin asioihin, joihin minä en. Se nainen ei olisi jättänyt poikaansa. Hän olisi taistellut! Koen, että olen epäonnistunut elämäni tärkeimmässä tehtävässä. Annoin päivien, viikkojen, jopa vuosien kulua enkä tehnyt sitä, mitä minun olisi äitinä kuulunut tehdä. On aika myöntää, että se on myöhäistä nyt.

Sinä, rakkaani, olet yhteisen matkamme aikana antanut minulle enemmän kuin kukaan muu koskaan olisi voinut. Olet ollut minulle kuin Jumalan lahja. Sinun huolenpitosi on kantanut minua, sinun rakkautesi on ravinnut minua. Sinun elämänilosi on ollut ihailtavaa - välillä olen sitä jopa kadehtinutkin. Rakastan sinua kaiken tämän vuoksi enemmän kuin koskaan luulin olevan mahdollista.

Haluan esittää sinulle yhden viimeisen pyynnön. Haluan, että teet sen, mitä minä en koskaan rohjennut tekemään. Etsi poikani, etsi Matthew, ja anna hänen ymmärtää, kuinka paljon olen häntä rakastanut jokaisena aamuna herätessäni, jokaisena iltana nukahtaessani. Kerro se hänelle. Ole hänelle se isä, jota hänellä ei koskaan ollut. Todista hänelle se äidinrakkaus, jonka häneltä riistin.

Tulen tuottamaan sinulle teollani tuskaa, tiedän sen, ja olen siitä hyvin pahoillani. Muista kuitenkin, että surun jälkeen tulee päivä, kun taas iloitset lintujen laulusta ja auringon lämmöstä   ihollasi.   Kuule   silloin   rakkauteni   siinä linnunlaulussa, tunne se auringon lämpönä ihollasi.

Rakas mieheni, voi hyvin.
Pysy vahvana, sillä me kohtaamme jälleen.

Rakastan sinua ikuisesti
**** Veronika*

Jälkisanat

Kuin Jonathan toivoi kirjoittavansa kirjan, jonka sivut hän täyttäisi isoisänsä viisauksilla, halusin minä kirjoittaa tarinan, joka nostaisi esille elämän yhä uudelleen tarjoaman mahdollisuuden palata sille omalle polulle, joka kullekin on piirretty. Minua kiehtoo ajatus uudesta alusta, itsensä kehittämisestä parempaan suuntaan. Parasta elämässähän on juuri se, että jokainen päivä tarjoaa meille siihen mahdollisuuden. Ei tarvitse odottaa uuden vuoden alkua, ei edes maanantaita. Miten sellaisen kirjan kirjoittaisin, sitä en tiennyt, mutta ajattelin asian ratkeavan, kun antaisin sormenpäideni juosta yli tietokoneen näppäimistön.

Kirjoittaessani henkilöhahmot rakentuivat hyvin pitkälle omalla painollaan. Huomasinkin, miten tekstiä tavatessani muodostui kaksi lähes toistensa vastakohtia olevaa hahmoa. Mistä ne tulivat, sitä en tiedä, sillä kummallakaan niistä ei ole esikuvaa omassa elämässäni. Tunnistan kuitenkin itsessäni piirteitä Jonathanista, joka haluaa tehdä hyvää, toimia oikein ja perustaa elämänsä rakkauden voimalle. Tunnistan itseni myös Matthew'ssa, joka suhtautuu epäilevästi ympäristöönsä, tuntee välillä ääriviivojensa hälvenevän ja antaa sydämensä täyttyä katkeruudella. Näinhän se on, harva meistä on mustavalkoinen, ja harmaan sävyjä nousee toisinaan pintaan, halusimme sitä tai emme. Tärkeää on tietenkin pyrkiä siihen, että kielteiset piirteet nostavat yhä harvemmin päätään eivätkä siten pääse myrkyttämään elämää.

Itselleni tärkein hahmo oli koko prosessin ajan Alfred. Hänen hahmolle ei tarvinnut hakea inspiraatiota kovinkaan kaukaa. Lempeytensä hän sai lainata rakastamani miehen suvun miehiltä. Sanat eivät riitä kuvailemaan sitä onnen tunnetta, jonka koen viettäessäni aikaa näiden inspiraationi lähteenä olevien yksilöiden seurassa. Heistä huokuu niin vilpitön rakkaus, että sitä on vaikea uskoa todeksi. Olen myös kallistumassa siihen ajatukseen, että heidän on ollut tarkoitus tuoda minun elämääni nimenomaan sitä pehmeyttä karkeisiin ääriviivoihini.

Alfredin tyytyväisyys elämään ja kaikkeen siihen, mitä se hänen polulleen toi, on omalta äidiltäni lainaamani piirre, ihailtava sellainen. Kesti vuosia havaita sen kauneus, itse olin pitkään liian keskittynyt siihen, mitä tavoitteita – aina entistä suurempia sellaisia – halusin vielä elämäni aikana saavuttaa. Samalla epäonnistuin sen oivaltamisessa, miten tavoitteeksi riittäisi olla hyvä tytär, puoliso, perheenjäsen, ystävä ja kanssaihminen. Tarvittiin yksi kahden vuoden mittainen kirjoitusprosessi, että tämäkin asia minulle avautuisi. Kiitän siitä äitiäni ja uskon hänen olevan oivalluksestani iloinen myös tuonpuoleisessa.

Jonathan saa tarinassa kiitosta isoisältään siitä, että osasi olla läsnä. Läsnäolo onkin asia, jota ei mielestäni arvosteta tarpeeksi nykyään. Se herättää minussa voimakkaita tunteita, suorastaan raivostuttaa (jälleen yksi selkeä merkki karkeista ääriviivoistani)! Koska ympyrä aina sulkeutuu, ja liikumme vuonna 2015 kohti pehmeämpää arvomaailmaa, toivon että tämäkin asia vuosien mittaan korjaantuu. Että jokainen meistä oppisi olemaan läsnä, eikä vain samassa huoneessa. Koska sehän on sitä lähimmäisrakkautta puhtaimmillaan, kun lahjoittaa oman aikansa ja huomionsa toiselle ihmiselle.

*

Kiitos sinulle siitä, että tartuit tähän kirjaan ja luit sen loppuun.

Lue myös vuonna 2012 ilmestynyt *Poika* (ISBN 978-952-286-486-4, Books on Demand). Kirja on saatavilla sekä nidottuna että e-kirjana.

Seuraavilla sivuilla voit lukea kirjan ensimmäisen kappaleen.

1

Rakastin sinua

liikaa

liian myöhään

Rakkauteni sinua kohtaan

rikkoi sieluni

täytti sen

pimeydellä

Anteeksi. Pyydän.

Ulkona oli pimeää. Syksy oli mustimmillaan. Ilmassa roikkuva kosteus tunki luihin ja ytimiin, pian alkaisi sataa. Lunta tai vettä, kuka sen tiesi. Takkini nappirivin suojassa asetin käteni litteän vatsani päälle. Luojan kiitos, että se lapsi nyt oli poissa. Luojan kiitos, ettei se enää kasvaisi sisälläni. Luojan kiitos, ettei minun tarvitsisi enää miettiä raskautta tai synnyttämistä. En ollut alkuunkaan halunnut koko lasta. En alkuunkaan. Painoin väkisin kurkussa kasvavan palan alemmas. Painuhan siitä! Mutta pala kasvoi kasvamistaan, en saanut sitä nieltyä. Se kasvoi kilpaa kasvavan surun kanssa. Surun, jota syötti suunnaton kaipuu.

Linja-auto kääntyi pysäkille. Eturenkaan osuessa

vesilätäkköön likainen sadevesi suihkusi vaaleille housunlahkeilleni. Mitä väliä? Mitä väliä likaisella vedellä olisi? Olisin voinut vaikka hukkua likaiseen vesilätäkköön, silti mikään ei muuttuisi. Huokailin syvään noustessani linja-autoon.

– Hei, onko kaikki hyvin? Kuljettaja katsoi minua harmaine, ystävällisine silmineen. Kurkussa kasvava pala paisui jälleen. Se työnsi itsensä ylöspäin ja painoi henkitorvea. Mielessäni näin palassa irvessä olevat kasvot. Silmäni kostuivat kyyneleistä, mutta sain puristettua hymyn kuljettajalle. Painuin ensimmäisen vapaan paikan suojaan.

Linja-auto oli lähes tyhjä. Perjantai-ilta. Kukaan ei odottanut kotona. Annoin katseeni vaeltaa ikkunasta ulos, yli mustan kaupungin. Pala kurkussa oli asettunut itselleen mukavaan asentoon. Se vaikutti tulleen jäädäkseen. Seuraa sille piti rinnassa paisuva tyhjyyden tunne. Pidin edelleen kättä takin alla, vatsani suojana. Muistelin runsaan kuukauden takaista päivää, kun olin ymmärtänyt olevani raskaana. En ollut ollut uskoa korviani hoitajan kerrottua minulle. Eihän se ollut mahdollista! Hoitaja vaikutti iloiselta. Minä en. Olin vain lähtenyt hakemaan lääkettä pitkään jatkuneeseen väsymykseen.

– Olethan ehdottomasti oikeassa iässä! Nyt on sen puolesta

juuri oikea hetki saada perheenlisäystä.

Olin katsonut häntä epäuskoisesti. Ei minun pitänyt mitään perheenlisäystä saada. Perheestä puhumattakaan.

Kummallista oli se, että tuosta päivästä oli vain kuukausi. Niin paljon oli tapahtunut vielä sen jälkeen. Niin monta tunnetilaa oli virrannut lävitseni. Kädellä etsin ihostani merkkejä elämästä. Tunnetta siitä, että sisälläni olisi vielä kasvava olento. Tunnetta siitä, että ratkaisuni olisi ollut oikea. Oikein – väärin – oikein – väärin. Heiluri vaihtoi jatkuvasti suuntaa. Olin odotellut viikon verran kuultuani olevani raskaana. Viikkoon en ollut hengittänyt, saati kertonut asiasta Davidille. Halusin ensin itse tunnustella omia tuntemuksiani. Tunnustella, voisinko suhtautua asiaan eri tavalla, kun olin sitä sulatellut vähän aikaa. David rakasti lapsia. Se oli ollut alusta asti selvää. Hän halusi perheen, lapsia, koiran ja farmarin. Koko hoidon. Mutta tiesin myös, ettei hän halunnut niitä nyt, ei näin. Enkä tiennyt, halusiko hän niitä minun kanssani. Ei lasta kasvateta niin, että vanhemmat asuvat eri maissa. Itse olin aina tiennyt, etten halunnut lapsia. Olin ollut varma alusta alkaen, ettei perhe-elämä ollut minua varten. Enkä siis sanonut mitään. Pikkuhiljaa aloin kuitenkin kiinnittää huomioni pieniin lastenvaatteisiin, huomasin katseeni hakeutuvan hellyttäviin nuttuihin, joihin mahtuisi pieni hellyttävä nyrkki tai jalka. Hain jopa kirjastosta kirjan vanhemmuudesta ja raskaudesta. Olin herännyt viikon unissakävelyn jälkeen huomaamaan, että sisälläni kasvoi paitsi pieni ihminen, myös onnen tunne. Olin aidosti onnellinen siitä, että minussa lepäsi todiste minun ja Davidin rakkaudesta. Minusta voisi kehittyä rakastava äiti ja tiesin Davidin olevan luonnostaan loistava isä.

Se, että olimme seurustelleet vasta vajaan vuoden, ei enää tuntunut esteeltä. Olimmehan tunteneet toisemme vuosikaudet, ikuisesti. Ja mitä useampi päivä kului tiedostaen, että minusta tulisi Davidin lapsen äiti, sen suuremmaksi kasvoi myös onneni. Olihan se niin, että jos yhdelle miehelle pitäisi synnyttää lapsi tässä maailmassa, olisi valintani ollut David. Muita vaihtoehtoja ei ollut nyt eikä ollut ikinä ollutkaan. Ja juuri niin näin asian: synnyttäisin lapsen *Davidille*. Jos saisin yhden lahjan hänelle antaa, olisi se lapsi. Meidän rakkautemme hedelmä.

Neljä viikkoa raskaana en ollut vieläkään sanonut Davidille mitään. Olimme suunnitelleet tapaavamme Barcelonassa seuraavan kerran. Edessä oli romanttinen viikonloppu. Kaksi ihanaa päivää yhdessä, pitkiä kävelyitä, myöhäisiä illallisia, venyviä aamuja. Täydellisempää hetkeä kertoa asiasta ei tulisi. Olin mielessäni käynyt läpi, mitä minä sanoisin, mitä hän vastaisi. Tiesin jo etukäteen hänen ilmeensä, hänen katseensa, äänenpainonsa. En malttanut odottaa tätä hetkeä!

Emme olleet juurikaan koskaan keskustelleet lapsista. Aikaisemmin kyllä, silloin kun olimme olleet vain ystäviä, silloin kun puheet eivät koskeneet meitä kahta eikä yhteisiä lapsia. Olimme keskustelleet siitä, miten paljon David halusi lapsia. Minä olin aina sanonut, etten halunnut perhettä – eikä hän ikinä kyennyt sitä ymmärtämään.

– Kyllä sinäkin saat sen tunteen vielä, hän aina sanoi, luottaen siihen, että kaikki naiset luonnostaan halusivat lapsia.

En koskaan vaivautunut korjaamaan hänen käsitystään, eihän se liittynyt Davidiin mitenkään, halusinko lisääntyä vai en.

Sade piirsi epävarmalla kädellään viivoja linja-auton ikkunaan. Tunsin kyyneleeni piirtävän samanlaisia kasvoilleni. Kyyneleet laskeutuivat huulilleni. Maistoin suolaa ja tunsin oloni entistä yksinäisemmäksi.

Viimeisenä yönä ennen Espanjaan lähtöä painajainen ravisteli minua.

Olin jälleen lapsi. Yhtäkkiä näin kotitalossani oven, jota en ollut koskaan aikaisemmin huomannut. Raotin ovea, ja sen takaisessa pimeydessä näin jonkun liikkuvan, mutten erottanut hahmoa tarpeeksi nähdäkseni, mikä se oli. Se liikkui kuitenkin minua kohti. Rinnassani sydän meni suppuun, jokin sisälläni varoitti minua ja astuin pari askelta taaksepäin. Ovenraosta vastaan tuli pieni lapsi. Se nojasi pieniin käsiinsä, jalkoja sillä ei ollut. Kauhun tunne valtasi minut kokonaan ja se oli niin kokonaisvaltainen, että tunsin sydämen pysähtyvän hetkeksi. Se vain lakkasi lyömästä. Ymmärsin sinä hetkenä, että vammainen lapsi oli pidetty lukkojen takana koko elämänsä.

Heräsin väkivaltaiseen säpsähdykseen. Tunsin käden puristavan sydäntäni ja vetävän sen rinnastani, läpi koko kehon, kohti jalkoja. Itkin sydäntä raastavaa itkua. Tunsin sisuksissani pitkään kasvanutta surua, joka oli vuosien saatossa paisunut yhä suuremmaksi. Tunsin tämän perisurun räjähtävän sydämessäni.

Neljä päivää oli kulunut siitä, kun näin Davidin Barcelonassa. Siellä syysaurinko lämmitti vielä katuja. Olin odottanut häntä lentokentällä. Oma lentoni oli saapunut tuntia aikaisemmin, hänen lentonsa Lontoosta oli juuri laskeutumassa. Olin niin onnellinen, että kuka tahansa pystyi sen lukemaan kasvoiltani. Onnen tunne oli pitkästä aikaa kaikenkattava, siinä hetkessä en kaivannut mitään. Olin täysin tyytyväinen odottaessani rakkaani saapumista. Odottaminenkin oli nautinto itsessään. Laukkuni sivulokerossa oli uudet alusvaatteet, jotka olin vaivalla valinnut ennen lähtöäni. Olin valinnut pitsien ja nauhojen joukosta sellaiset hepenet, että tiesin, ettei David voisi niitä vastustaa. Viikkojen odotus saisi meidät jälleen repimään vaatteet toistemme päältä. Rakastelisimme siinä kaipuussa, joka kasvoi kasvamistaan niinä hetkinä, kun emme toisiamme nähneet, lähettämissämme viesteissä, puhelimessa lausumissamme sanoissa. Rakastelisimme, kunnes olisimme jälleen varmistuneet siitä, että joka ikinen sentti toisen ihoa olisi tallentunut muistiin, kunnes nukahtaisimme toistemme syleilyyn, kunnes olisimme jälleen valmiit jakamaan toinen toisemme ulkona odottavan maailman kanssa.

Näin Davidin saapuvan. Hänen katseensa oli vakava, varovainen. Hän hymyili minulle ujosti, jopa surullisin silmin, ennen kuin sulki minut syliinsä.

– *Hi there, little one*, hän kuiskasi minulle. Hänen puristuksensa kertoi, ettei hän halunnut irrottaa otettaan.

Barcelonan romanttinen viikonloppu muuttui painajaiseksi

ennen kuin hotellihuoneen ovi ehti sulkeutua ensimmäistä kertaa. David istuutui sängyn reunalle pyytäen minua istumaan viereensä. Suljin hänet syliini suudellakseni häntä, mutta hänen huulensa pysyivät tiukasti kiinni. Hänen syleilynsä oli lämmin, mutta en saanut suudelmilleni vastakaikua.

– Haluan keskustella kanssasi jostain, hän vain sanoi.

Mitä sen jälkeen tapahtui, tuntui nyt olevan syvällä sankassa sumussa. Vuorosanamme, jotka olin mielessäni kuullut kerta toisen jälkeen, kaikki se, mitä hänen piti minulle sanoa, kaikki se, mitä minun piti hänelle kertoa – kaikki meni niin väärin. Kaikki ne sanat, jotka hän minulle sanoi, kuulostivat niin kummallisilta, ikään kuin ne olisi poimittu jonkun muun henkilön elämästä ja vahingossa sijoitettu meidän elämäämme. Kaikki, mitä minun piti hänelle kertoa, jäi sanomatta.